Herstellung und Verlag:

BoD - Books on Demand, Norderstedt

ISBN 9783744837828

© 2017 Susanne Nitsch

Umschlagsgestaltung: Susanne Nitsch

Mein Bruder,
der Ablasshändler Johann Tetzel

Jüterbog, an der Tetzelstube

Liebe Leserinnen und Leser,
ich freue mich, dass Sie dieses Büchlein
erworben haben. Johann Tetzel ist zweifellos
einer der schillerndsten Personen der
Reformationszeit. Mit Sicherheit hat Tetzel dazu
beigetragen, dass Martin Luther sich gegen die
Kirche und ihre Missbräuche erhob und unsere
protestantische Kirche begründete, auch wenn

er das nicht beabsichtigt hatte. Über Tetzel ist den wenigsten Menschen etwas bekannt; und wenn, dann meist nur die Vorwürfe und Unterstellungen der Protestanten. Mich hat Tetzel schon immer fasziniert, und ich habe mich während meiner Reformationsreisen auch auf den Weg gemacht, Tetzels Spuren zu folgen. Er war kein tumber Tor, kein dummer und gefräßiger Mensch, sondern ein tiefreligiöser und gläubiger Mann, hochstudiert und mit allen päpstlichen Würden ausgestatteter Mann, der die Wahrheit verkündete, so wie er sie verstand und wie die katholische Kirche es vorschrieb.

Ich möchte nicht leugnen, dass er in seiner Begeisterung übertrieb, dass er ein ehrgeiziger Mensch war, seine Fehler hatte und seine rhetorischen Künste ausnutzte, um möglichst viel Geld einzunehmen.

Aber können wir ihm das wirklich verübeln? Sind nicht die meisten von uns ehrgeizig und wollen wir nicht unsere Aufgaben möglichst gut erledigen? Mit diesem Büchlein möchte ich mein Scherflein dazu beitragen, die Vorurteile gegen Johann Tetzel zu entkräften, eine Bresche für ihn zu schlagen und die schlechte Sicht auf Tetzel zu verbessern.

Dieses Büchlein ist aus der Sicht der liebenden Schwester Johann Tetzels geschrieben, die aus dem Leben ihres kleinen Bruders erzählt. Ob es diese Schwester gab, weiß ich nicht, er hatte jedoch auf jeden Fall Geschwister – warum nicht diese Johanna, die hier zu Worte kommen soll.

Im Anhang finden Sie die Wortlaute einiger Ablassbriefe, interessante Schriften Tetzels und Luthers und Schmähgedichte über Tetzel.

Nun wünsche ich Ihnen eine angenehme Reise durch die Reformationszeit an der Seite der Familie Tetzel.

Möge Gott Sie behüten. Mit allen guten Wünschen

Susanne Nitsch
im Juni 2017

Mein treuer Freund Willi
ist immer an meiner Seite

Johann Tetzel
geboren 1465 in Pirna,
verstorben 1519 in Leipzig

Meine lieben Freunde, ich danke Euch, dass Ihr
dieses Büchlein erworben habt, um etwas von
meinem Bruder, dem Ablasshändler Johann

Tetzel zu erfahren. Auch wenn es sich für ein Weib nicht geziemt, vor so vielen Menschen den Mund aufzutun, möchte ich die Gelegenheit nicht versäumen, Euch die Geschichte meines Bruders, dem Ablasshändler Johannes Tetzel, zu erzählen.

Es ist die Geschichte eines geliebten und von Gott begabten Menschen, zu dem die Leute in großen Scharen strömten und seinen Predigten lauschten, weil sie sich von ihm ihr Seelenheil versprachen. Er war ihr umjubelter Gnadenbringer, den sie nicht mehr hätten lieben können. Es ist aber auch die Geschichte eines Falls, wie er tiefer nicht hätte sein können und der das Herz meines Bruders brach. Aber lasst mich von vorne beginnen.

Mein Geburtsjahr weiß ich nicht genau, ich war ja nur ein Mädchen, und im 15. Jahrhundert war die Geburt eines Mädchens nicht sonderlich bemerkenswert. Es mag um das Jahr 1455 gewesen sein. Meine Mutter namens Margaretha Goldschmidis war ein gottesfürchtiges und ehrbares Weib, an meinen Vater jedoch habe ich leider kaum eine Erinnerung. Er starb, als ich noch ein kleines Kind war. Meine Mutter geriet daraufhin in große Not, denn es gab kaum Absicherungen für Witfrauen und Waisen. Sie hielt uns über Wasser, indem sie Wäsche für fremde Leute wusch. Ich habe es noch dunkel in Erinnerung,

wie sie die schweren Körbe mit Wäsche zur
Elbe schleppte und wusch. Ich stand meist
zwischen ihr und den anderen Wäscherinnen
und wusch mit meinen kleinen Händen die
kleineren Wäschestücke wie Leibchen oder
Zierdeckchen.

Im Winter froren wir entsetzlich; schrecklich,
wie mühsam es war, mit den blaugefrorenen
Händen zu waschen. Das Leben wurde erst
besser, als meine Mutter den Goldarbeiter
(Goldschmied) Johannes Tetzel kennenlernte
und er sie ehelichte. Zunächst hatte ich Angst
vor dem fremden Mann, weil ich nicht mehr
daran gewöhnt war, mit einem Mann im Hause
zusammenzuleben, und ich tat mich schwer
damit, mich im Haus meines Stiefvaters in der
Schmiedestraße zu Pirna einzuleben. Er war
sehr lieb zu mir, und er gewann mein Herz, als
er mir eine Kette mit einem wunderschönen
Kruzifix schenkte, das ich heute noch trage. Im
Laufe der Jahre bekam ich endlich Geschwister,
wie ich es mir immer gewünscht hatte, und als
letztes Kind wurde mein Brüderlein Johann im
Jahre 1465 geboren.

Tetzels Geburtshaus

TETZEL-HAUS
Geburtshaus des berühmten Ablaß-
händlers Johannes Tetzel. Ursprünglich
zwei Handwerkerhäuser mit Sitzni-
schenportalen. Im 1. Obergeschoß
älteste mittelalterliche Bohlenstube in
Sachsen (datiert 1381). Seltene Mönch-
Nonnen-Dachdeckung. Profilierte
Holzbalkendecke im Erdgeschoß.

Johannes Tetzel
geboren um 1465
in diesem Hause
Dominikanermönch
Bedeutender Ablaßprediger
Gegenspieler Martin Luthers
gest.1519 in Leipzig

Gaststätte „Zur Armen Sau" in Pirna

  Schon von Anfang an bewies er eine kräftige
Stimme und einen kräftigen Hunger, so dass alle
Leut' auf Pirnas Gassen Kenntnis erhielten,
wenn Johann nach der Mutterbrust schrie. Vom
ersten Tag an hing ich an ihm mehr als an
meinen anderen Geschwistern, und ich war so
stolz und glücklich, als er in der St. Nicolai-
Kirche in Leipzig getauft wurde.
Er war ein lebhaftes und aufgewecktes
Kerlchen, das schnell das Sprechen lernte und
schon als Bub mit Redegewalt die Mutter
überzeugte, uns süße Mandeln oder getrocknete
Pflaumen zu schenken.
Johann war ganz außergewöhnlich
lernbegierig; begeistert lauschte er den
Heiligenlegenden, die unsere Mutter uns
erzählte. Von Anfang an liebte er mich als seine
große Schwester, und mein Herz war ihm so

zugetan, als sei er mein eigenes Kind. Ich herzte ihn und spielte mit ihm, so oft ich konnte. Oft staunte ich über die Geschichten, die er ersann. Meist über irgendwelche Heiligen, von denen wir in der Kirche hörten, aber auch phantasievolle Geschichten über Engel, die er meinte, an seinem Bette oder beim Spielen gesehen zu haben. Es schien mir natürlich, dass er der Liebling unserer Eltern war, dass er verzogen und verhätschelt wurde. Er war ein besonders Kind: Klug, gewandt und fröhlich. Wir Kinder wurden – wie es eben üblich und richtig war und ist – in der Furcht und der Vermahnung zum Herrn erzogen. In der Schule bewies er großes Geschick, ein außergewöhnliches Talent, einen ungewöhnlichen Geist. Durch ihn lernte ich ebenfalls das Lesen und Schreiben und auch etwas Rechnen, was für Frauen meiner Zeit recht ungewöhnlich war. Beredsamkeit jedoch blieb Johannes größte Gottesgabe. Mein Stiefvater sagte oft stolz zu meiner Mutter, dass er Johann tüchtig stärken wolle, damit er einmal Großes erreiche. Fromm war Johann auch. In der Kirche sprach er andächtig die Gebete und lauschte den Legenden unserer Heiligen aufmerksam.

Die Tetzelsäule in Pirna

Ich heiratete im Jahre des Herrn 1573. Recht
spät, ich war schon beinahe zwanzig Sommer
alt, mochte aber meine Mutter nicht mit ihrer
Arbeit alleine lassen. Wir wohnten damals in
Leipzig, und ein guter Mann namens Jakob
hatte um meine Hand angehalten. Er war
Fuhrmann, verdiente recht gut und hatte den
Ehrgeiz, eines Tages ein eigenes
Fuhrunternehmen zu gründen. Es war für uns
beide gut, dass ich lesen und etwas rechnen
konnte, denn ich wollte meinem Gemahl ein
gutes Eheweib sein und ihm helfen, wo es nur
möglich war.
Ein gutes Jahr später kam unser erstes Kind zur
Welt, ein kleiner, kräftiger Junge, den wir
Johannes nannten – zur Ehre meines Stiefvaters

und aus Liebe zu meinem kleinen Bruder.
Weitere Kinder kamen im Laufe der Zeit, zwei
Kinder starben. Gott, unser Herr, nahm sie in
seiner unbegreiflichen Weisheit zu sich, bevor
sie bewusst sündigen und ihre Seligkeit
verlieren konnten. Eigentlich sollte man sich
darüber freuen, dass diese beiden jungen Seelen
schon bei Gott waren, aber ich vermisste sie
sehr und trauerte lange.
Zum Glück blieben uns noch insgesamt sieben
andere Kinder, die unser Haus mit Leben und
Lachen erfüllten und oft im Stall bei meinem
Gemahl herum wuselten, die Pferde streichelten
und Unsinn anstellten. Jakob schimpfte dann,
musste aber meist über die Unschuldsblicke
unserer Kinder lachen. Es waren glückliche
Zeiten, in denen ich oft meine Eltern besuchte,
ihnen half und sie unterstützte, wo ich nur
konnte.

Im Herbst 1482 zog mein Bruder in die
Universität Leipzig. Niemand verwunderte sich,
dass er sich für die Theologie entschied, denn er
liebte Gott aufrichtig und wollte Ihm und der
Kirche dienen. Das Lernen fiel Johann leicht, die
Fächer Arithmetik, Geometrie und Astronomie
lagen ihm, er musste sich nicht allzu sehr dafür
anstrengen. Niemanden verwunderte es, dass er
in den Fächern Grammatik, Logik und Rhetorik
hervorragend abschnitt. Es lag ihm einfach, sich
in Ausdruck, Stil, Anlage, Vortrag und Gestus zu

vervollkommnen. Seine Redegewandtheit hatte
er ja schon als Kind unter Beweis gestellt.
Schwer fiel es ihm höchstens, rechtzeitig zum
Unterricht zu kommen, denn dieser begann
bereits um 5 oder 6 Uhr morgens. Aber schon
bald hielt er Vorträge vor seinen Kommilitonen,
die beeindruckt von seiner Rhetorik und seinem
Wissen waren. Oft und gerne besuchte er die
Predigten der Dominikaner, die für
Gelehrsamkeit standen und ihre Reden
ausgefeilt hielten. Oft kam er nach Hause und
berichtete begeistert von dem Ordensgründer
Domenicus, von gelehrten Dominikanern wie
Albertus Magnus oder Thomas von Aquin, sogar
von einer Frau namens Katharina von Siena
oder von Meister Eckhart.
Etwas unwirsch berichtete er auch, dass man
die Dominikaner oft als „Hunde des Herrn",
also Domini canes bezeichnete, weil sie der
Inquisition nachgingen und Hexen und Ketzer
verbrannten. Der Dominikanerorden, der
korrekt „Ordo fratum praedicatorum" heißt,
also „Orden der Predigerbrüder", wurde um
1215 von Domenico Guzman zum Zwecke der
Glaubensverkündung gegründet.
Die Katharer, Albigenser und Waldenser
wurden damals blutig verfolgt. Die Katharer
waren hochgebildete Menschen, die in
selbstgewählter Armut und Enthaltsamkeit
lebten und viele Bewunderer fanden.
Die katholischen Kleriker hingegen lebten in

Reichtum und verschwenderischer Pracht. Domenicus hatte eine neue Ordensregel für wandernde und predigende Brüder verfasst, die Papst Innozenz III. jedoch zunächst nicht genehmigte. Daher lebten die ersten Predigerbrüder zuerst nach der Zweiten Augustinerregel. Der nächste Papst, Honorius III. war Domenicus jedoch zugetan und erteilte das Privileg „Religiosam vitam". Erst 1217 erhielten Domenicus und seine Brüder den offiziellen Titel „Prediger" und den Auftrag zur Verkündigung: „Bemüht euch, mehr und mehr im Herrn gestärkt, das Wort Gottes zu verkünden..."

Die Dominikaner waren nach den Minderbrüdern des Franziskus von Assisi der zweite Bettelorden, der sich Armut und Gehorsam verpflichtete. Die reiche Kirche lehnte die Bettelorden ab, empfanden sie als primitiv und feindeten sie an. Jedoch fanden sie auch viele Anhänger, und der dominikanische Geist breitete sich rasch in Europa aus. Sie lebten nicht in Klöstern, sondern in bescheidenen Stadtwohnungen; sie schufen Lehrhäuser für das Studium, errangen Lehrstühle und verfügten über eine demokratische Ordensregel.

Ab 1232 wurden sie in der Ketzerverfolgung, der Inquisition, eingesetzt. Damals erhielten sie den eben erwähnten Spottnamen Domini canes. Hätte man sie damit als Hüter des katholischen

Glaubens angesehen, wäre es ein harmloser Spaß gewesen, aber dieser Ausdruck war mit Angst und Schrecken verbunden. Es folgten viele Scheiterhaufen, Massenhinrichtungen und grausame Folterungen.

Männer wie Heinrich Institoris und Jakob Sprenger verfassten sogar den „Hexenhammer", in dem sie das Wesen der Hexe und die korrekte Folterung erklärten, um zum gewünschten Geständnis zu kommen, aber dazu später noch mehr. Viel Elend kam damit über die Welt; es ist bis heute nicht genau bekannt, wie viele Menschen Opfer der Inquisition wurden. Der dominikanische Orden, dessen Habit schwarz und weiß ist, verfügt über gute und schlechte Menschen, wie die Welt nun eben einmal ist – schwarz und weiß. Es gibt dort Ketzer und Heilige, Kämpfer und Gelehrte – Menschen, die die Welt bis heute faszinieren.

Es war üblich, dass Studenten für ihre jüngeren Mitstudenten Stunden gaben oder predigten. Oft erhielt Johann Beifall für seine leidenschaftlichen und fundierten Reden. 1487 wurde er Baccalaureus der Philosophie, was unsere Eltern mit großem Stolz erfüllte. Leider starb unser Vater bald darauf, er hätte sicherlich gerne erlebt, wie es mit Johann weiterging. Unsere Mutter starb bald nach ihrem Eheherrn, wir trauerten sehr um unsere Eltern. Ich war sehr betrübt, dass meine Kinder

nun keine Großeltern hatten, denn mein
Gemahl hatte seine Eltern bereits früh verloren.

Johann Tetzel als junger Mann

Johann brauchte nichts mehr als Ruhe für seine
Studien und die Entwicklung seiner Talente.
Also trat er am Feste der Kreuzerhöhung 1487
in das Leipziger Dominikanerkloster ein, was
mich nicht verwunderte, denn mit seiner tiefen
Frömmigkeit und seinem Redetalent war er
nirgends besser aufgehoben als in einem
Predigerorden. Ich war so unendlich stolz auf
ihn, als er eingekleidet wurde. Er wirkte so

beeindruckend und ehrbar in seinem weißen Mönchshabit mit dem schwarzen Umhang und der Kapuze. Ich war dabei, als er Armut, Keuschheit und Gehorsam gelobte; als er schwor, der Welt zu entsagen und demütig Gott zu dienen.

Niemand von uns ahnte, dass Johann später Probleme damit haben würde, seine Gelübde immer streng einzuhalten, aber kann ein junger Mann wirklich abschätzen, was er für sein ganzes Leben verspricht? Kann man wissen, was einem in seinem Leben widerfährt und wie es einen verändert? Ich kann meinem Bruder keinen Vorwurf machen, dass er manchmal schwach wurde, aber ich bin stolz auf ihn, dass er so vielen Menschen das Heil brachte.

Aber lasst mich weitererzählen. Johann führte seine humanistischen Studien nicht weiter, er beschäftigte sich nun hauptsächlich mit den Schriften seiner dominikanischen Väter. Sein sehnlichster Wunsch war es, Prediger zu werden und Gottes Wort zu verkünden. Zu dem Volk wollte er sprechen, von seiner Liebe zu Gott, die in ihm brannte, und die er in den einfachen Menschen entzünden wollte. Sein heller Verstand, sein gutes Gedächtnis, sein beredter Mund, seine lebendige Redekunst und seine starke männliche Stimme zogen die Menschen schnell in seinen Bann, und jeder lauschte ihm aufmerksam.

Sein schlanker Leib wirkte energiegeladen, er

zog überall die Aufmerksamkeit auf sich. Noch konnte sich niemand vorstellen, dass die Protestanten ihn später zum tumben Toren, zum ungelehrten Tropf, zum groben Esel machten. Ein protestantischer Biograph namens Vogel schrieb später über ihn: „Tetzel war kein Idiot, kein fraterculus ignobilis, auch kein ungelehrter Tropf, kein Esel." Der Dominikaner Johann Binder aus Pirna zählte ihn mit unter die größten Gelehrten, die das Pauliner-Kloster gehabt habe.

Der Prior des Klosters schätzte Johanns Fleiß, seinen Eifer und seine Gelehrsamkeit und meinte: „Den Fleißigen und Geschickten hat man wert, den Faulen und Ungeschickten niemand ehrt!" Denn auch solche gab es in den Klöstern; lasterhafte und lüsterne Mönche, die ihrer Schlafsucht und ihrer Gier nach Essen nachgaben, ihren Oberen Ungehorsam erwiesen und in ihren Gebeten nachlässig wurden.
Johann dagegen wurde sogar oft gebeten, in anderen Kirchen zu predigen, was eine hohe Auszeichnung bedeutete, da man sein Kloster normalerweise nicht verließ. Längst war er zum Priester geweiht worden, was mich mit Stolz erfüllte, und niemals vergesse ich seine Primiz, seine erste Messe, der ich mit meiner Familie selbstverständlich beiwohnte.
Zu Beginn des neuen Jahrhunderts, dem 16.

nun, schickte der Prälat des Klosters meinen Bruder nach Zwickau, wo er erfolgreich predigte. Es war kaum zu glauben, aber Johanns Ruf war ihm wohl vorausgeeilt. Die Menschen eilten herbei und quittierten Johannes Predigten mit Beifall. Seine ehrliche Leidenschaft für Gott steckte die Menschen an, der Nachdruck in seinen Worten, seine scharfe Beweisführung und die Bildhaftigkeit seiner Reden imponierte ihnen.

Seine Gelehrsamkeit verschaffte ihm die Liebe und die Achtung des Ordensklerus. Der hervorragende Ruf, den Johann sich in Zwickau verschafft hatte, folgte ihm überallhin, wo er als Prediger auftrat, und die Menschen strömten von nah und ferne herbei, um ihm zu lauschen. Es war ganz klar: Johann müsse als Prediger eingesetzt werden, wenn eine Begeisterung vom Volke für irgendeine gute Sache erzielt werden sollte.

Im Jahre 1502 wurde er vom römischen Stuhl beauftragt, in dem zwei Jahre später stattfindenden Jubeljahr zu predigen und den Ablass zu verkündigen, damit von dem Erlös der Petersdom in Rom gebaut werden konnte. Johann betrachtete dies als ausgesprochene Ehre, und er war glücklich, weil er solch einen großen Erfolg hatte, dass er reichlich Geld einnahm und des Papstes Wohlwollen gewann. Fast jeder wollte sich Gottes Gunst erwerben und in den Himmel kommen, oder Angehörigen

den Himmel zu erkaufen, oder bereits
Verstorbene aus dem Fegefeuer holen. Es ist eine
solche Gnade, dass unsere Mutter Kirche uns
dieses Geschenk überlässt.

Schild an Tetzels Geburtshaus

Von Zwickau aus reiste Johann in alle
möglichen Städte und Dörfer, um den Ablass zu
verkündigen. Vor jeder Predigt wurde ein Kreuz
errichtet, unter dem er stand und predigte.
Seine mitreisenden Klosterbrüder standen an
Tischen, an denen sie das Geld einnahmen,
Namen auf die vorgedruckten Ablassbriefe
eintrugen und den Menschen somit ihr
Seelenheil garantierten.
Sie zogen weiter nach Meißen, Thüringen,
Niedersachsen und in die Oberlausitz, nach

Naumburg an der Saale, Leipzig, Magdeburg, Görlitz und mancherlei anderen Orten und verkündigten das Jubeljahr. Johann predigte: „... dass nicht allein zu Rom, wie bisher, sondern auch, nach des Papstes Alexander VI. Willen, in allen Städten, Flecken und Dörfern Ablass reichlich jedem, der ihn bußfertig, d.h. im römischen Sinne, um Geld, suchen würde, gespendet werden sollte.."

Als er mit seinen Klosterbrüdern nach Leipzig kam, wo ich mit meinem Eheherrn Jakob und den Kindern wohnte, eilte ich natürlich zu ihm, um ihn wieder einmal predigen zu hören. Rundlich war er geworden, aber das stand ihm gut zu Gesicht. Ein ansehnlicher Mann mit gewaltiger Beredsamkeit – ich war stolz auf ihn.

Im Jahre 1504 durchzog er Schlesien, Preußen, Brandenburg und Litauen, um Ablassgelder für einen Krieg zu sammeln. 1507 kam Johann zurück ins Meißner Land, von dort aus weiter nach Freiberg. In nur zwei Tagen sammelte er dort 2.000 Gulden, eine unvorstellbare Summe. In Dresden war er ebenso erfolgreich; die größte Kirche war nicht imstande, all die Gläubigen zu fassen, die herbeigeeilt waren, um Johann zu hören. Die Menschen, die am Markte wohnten, öffneten ihre Wohnungen, damit die Gläubigen sich an die Fenster stellen konnten, um Johann, der mitten auf dem Marktplatze stand, zu hören. Rufer standen um ihn herum, sie gaben seine Worte weiter, damit alle Besucher Johanns Predigt hören konnten. Für eine weitere Predigt öffnete der Herzog Georg unter dem Schlosstore ein Fenster in seinen Gemächern, von dem aus Johann predigte. Von Dresden ging er weiter in unsere Geburtsstadt Pirna, wo er ebenso erfolgreich war, und gegen Ende des Jahres wieder nach Leipzig, wo er seine alte Klosterzelle bezog. Das Volk war begeistert, als er mit seinen Klosterbrüdern das rote Kreuz in der St. Nikolai-Kirche aufrichtete und den Ablasskasten aufstellen ließ. Wir alle lauschten begeistert seiner donnernden Rede vom Fegefeuer, von den nie versiegenden Tränen der Brennenden, wie sie da um Hilfe und Erlösung schrien und hofften, ein lieber Angehöriger würde sie mit einem Ablassbrief von den Qualen des Fegefeuers erlösen und ihnen den Eintritt in den Himmel schenken. Wie konnte man widerstehen, wenn Johann die Qualen beschrieb, die man im Fegefeuer durchlitt, diese nie endenden Verbrennungsschmerzen, die Angst und Pein, die mit der Abbüßung der Sünden verbunden war. Hätte ich nicht bereits Ablassbriefe für unsere verstorbenen Eltern und zwei verstorbene Kinderlein, und auch für meinen Gemahl und unsere noch lebenden Kinder und Kindeskinder, so wäre ich sofort zu den Tischen geeilt und hätte Ablass erworben. Aber für die Bettlerin, die so oft in der Nähe

unseres Fuhrunternehmens saß und ihr kleines Schälchen hochhielt, kaufte ich Ablass. Ihr Name war Magda. So ging ich nach der packenden Predigt Johanns zu den Dominikanern und ließ den Namen der Bettlerin auf einen Ablassbrief setzen. Als ich mich wieder in die Kirchenbank setze, las ich den Brief, obwohl ich den Wortlaut von den anderen Ablassbriefen bereits kannte, durch: „Erbarme sich Seiner Magd der Herr Jesus; ich aber absolviere dich aus Macht und Gewalt der seligen Apostel Petri und Pauli und unseres Herrn Papstes, die mir in diesem Stücke gegeben worden ist, völlig von allen deinen Sünden, die du bereuet, bekannt, vergessen hast, auch von den allen, die sich der römische Stuhl vorbehalten hat, insoweit die Schlüssel der heiligen Mutter der Kirche sich erstrecken, und ihm erlaubet und mir befohlen ist; auch erlasse ich dir alle Strafen des Fegefeuers, schließe dir zu alle Pforten der Hölle und öffne dir die Tür des Paradieses. Was du Gutes getan hat und noch tun wirst, gereiche dir zur Erlangung der Gnade Gottes und deiner Seligkeit. Im Namen des Vaters, des Sohnes und des Heiligen Geistes."
Nie vergesse ich die Überraschung in dem Blick der Bettlerin, als ich ihr den Ablassbrief schenkte und ihr den Text vorlas. Als sie begriff, dass sie nun sicher vor dem Fegefeuer war und alle ihre Sünden vergeben seien, da weinte sie

vor Glück und küsste meine Hände. Ich war etwas verlegen, aber maßlos stolz auf meinen Bruder Johann, der ein solches Glück für die Menschen bewirkte.

Im Jahre des Herrn 1508 kam es bereits zum ersten Mal zur Ablehnung gegen Johann. Am heiligen Osterfeste predigte er zu Naumburg, wo der Kanoniker Dr. Sebastian gegen ihn auftrat, weil er für sein Stift selbst die Ablassverkündigung wünschte und Johann eine zu große Konkurrenz darstellte.
Johann und seine Mitbrüder hatten ein gutes Leben. Oftmals vergaßen sie ihr Gelübde der Armut, wohnten in teuren Herbergen und aßen sich ihre Bäuche satt und rund mit köstlichen Spezereien. Aber wer mochte ihnen das verübeln? Die Klöster dieser Zeit waren oft in vielfältiger Hinsicht verderbt. Meist herrschte ein laxer Geist, die Messen wurden oft nachlässig gefeiert, und mit den Gelübden nahm es niemand so genau.
Wie hätte man nun erwarten können, dass junge Männer die Gelegenheit nicht ergriffen und sich und ihrem Leibe Gutes taten? Wer kann schon immer fasten, sich geißeln und büßen? Der Mensch verlangt doch auch nach einem guten Leben, und hatte nicht unser lieber Herr Jesus Christus selbst gesagt, dass man nicht nur Gott und seinen Nächsten lieben sollte, sondern auch sich selbst? Hat er nicht denen,

die Ihm nachfolgen, ein Leben in Fülle versprochen? Wer will hier den ersten Stein werfen? Mir liegt das jedenfalls ferne. Jeder Koch isst sich in seiner Küche satt und sorgt dafür, dass er nicht hungert – so sei es auch Johann und seinen Klosterbrüdern gegönnt.

Ablasskasten in der Nicolai-Kirche in Jüterbog

Wer feinen Kindern giebt
das Brodt und leidet nach =
mals felber Noth, den fchlage
man mit der Keule todt.

Inschrift am Jüterboger Dammtor

Im Februar 1513 starb unser Papst Julius II.
Früher hieß er Giuliano della Rovere, geboren
am 05. Dezember 1443 in Albisola Superiore
bei Savona in Ligurien. Knapp zehn Jahre

dauerte sein Pontifikat. Er hatte die päpstliche Leibwache Schweizergarde begründet und 1506 den Bau der Peterskirche begonnen, mit dem Ziel, sie solle die größte und prächtigste Kirche auf der ganzen Erde werden.
Die besten und teuersten Künstler zog er hinzu, er scheute keine Kosten. Für den Bau engagierte er Donato Bramante, für das Grabmal Michelangelo, für das Deckengewölbe der Sixtinischen Kapelle Raffael, und für seine Privatgemächer den Stanzen. Er ließ sich von niemanden beeinflussen, setzte sich überall durch und ließ seinen Künstlern freie Hand. Er ließ Gebäude abreißen, Plätze vergrößern und neue Straßen anlegen. Man nannte ihn „Julius, der Schreckliche", und Bramante den „Meister der Zerstörung".
Er war – wie man hörte – ein jähzorniger und äußerst tatkräftiger Mensch, ungewöhnlich vital. Nun, immerhin brachte er es auf drei Töchter. Sein Vorgänger, Pius III. war nur 26 Tage im Amt gewesen. Im Konklave wählte man ihn innerhalb nur eines Tages zum neuen Papst. Er scheute keinen Krieg und keine Auseinandersetzung, war gnadenlos und hatte keine Hemmungen, Menschen zu töten. Martin Luther sollte ihn später einen Blutsäufer nennen. Als neuer Papst wurde Papst Leo X. gewählt.

In manchen Städten, wo Johann besonders

erfolgreich war, blieb er mehrere Wochen. So lange die Bewohner der Stadt zu ihm strömten und ihre Geldkatzen öffneten, so lange fühlte er sich gebraucht und verkaufte das Seelenheil an die armen Sünder.

Und sogar den Papst, Seine Heiligkeit in Rom, sollte er persönlich kennenlernen.

Der Erzbischof Albrecht von Mainz entsandte Johann nach Rom, um das Pallium für ihn zu lösen. Das Pallium war eine Halsbinde mit einem Umhang, das in Rom gesponnen und geweiht wurde, und was sogar die Kaiser trugen, um ihren hohen Stand zu zeigen. Es ist drei Finger breit, mit schwarzer Seide überzogen. Es hängt von den Schultern herab bis auf die Brust und Lenden. An den Enden hängen kleine Stifte aus Blei in gleicher Breite. Dieses Pallium ist hoch heilig, denn es hat eine Nacht lang auf den Gebeinen von den Apostel Petrus und Paulus gelegen. Entsprechend kostbar ist dieses Pallium, der Papst verkauft es für 24000 bis 25000 Taler, manchmal auch mehr. Ein Pallium darf nicht vererbt werden, jeder muss sich sein eigenes erwerben.

Mein Bruder Johann wurde nun also nach Rom gesandt, um ein Pallium für den Erzbischof Albert von Mainz zu kaufen. Der Papst kannte Johann noch, er erinnerte sich an die guten Ablasserlöse. Nun kam Johann wieder mit Empfehlungsschreiben des Erzbischofs, und es

gelang ihm rasch, sich das Wohlwollen des
Papstes zu sichern.
Der Papst ernannte Johann zum
päpstlichen Nuntius und Commissarius, eine
unglaubliche Ehre. Als Johann wieder zurück in
unseren deutschen Landen war, ernannte ihn
der Erzbischof sogar zum erzbischöflichen
Ketzermeister. Ich hätte nicht stolzer auf ihn
sein können. Nicht nur, dass er den Menschen
das Fegefeuer ersparte und ihnen in den
Himmel verhalf; nein,er sorgte nun sogar dafür,
dass die Ketzer, diese Glaubensabtrünnigen, die
Hexen und Zauberer, die anderen Menschen
nur Verderben brachte, nun im Feuer geläutert
wurden, um doch noch zur Seligkeit zu
gelangen. Jeder kann ermessen, wie glücklich
ich war, einen solchen Bruder von Gott erhalten
zu haben.
Gerade die Dominikaner achteten ja auf die
Reinheit des Glaubens. Vor wenigen Jahren,
Anno 1505, war der berühmte Dominikaner
und Inquisitor Heinrich Kramer, besser bekannt
als Henricus Institoris, im hohen Alter von etwa
75 Jahren verstorben. Johann sprach sehr
respektvoll von ihm, aber mir war dieser Mann
unheimlich. Er war so extrem in seinen
Ansichten gewesen, ein harter Mann, der
offensichtlich Frauen hasste und davon ausging,
dass alles Böse in der Welt weiblichen
Ursprungs war. Unbarmherzig ging er jeder
Anklage nach, und wer als Hexe angeklagt war,

war schon so gut wie zum Tode verurteilt.
Heinrich Institoris entstammte ärmlichen
Verhältnissen und trat im Alter von etwa 15
Jahren in den Dominikanerorden ein. Er
studierte Philosophie und wurde im Jahre 1479
als Inquisitor der Ordensprovinz Alemannia
bestellt. Noch im gleichen Jahr promovierte er
zum Doktor der Theologie. Nachdem er einem
Prozess gegen Juden in Trient beiwohnte, nahm
er seine Tätigkeit als Inquisitor auf und machte
sich auf die Suche nach Hexensekten.
1482 ernannte man ihn zum Prior des
Dominikanerklosters in seinem Geburtsort
Schlettstadt. Bald bat ihn der Stadtrat von
Ravensburg zu sich, um einen Hexenprozess zu
leiten. Gleich zwei Frauen brachte er auf den
Scheiterhaufen.
Institoris verfasste die Bulle Summis
desiderantes offectibus, die Hexenbulle, die
unser Papst Innozenz VIII. herausgab. Mit
dieser Bulle zog er durch das Land und
veranlasste eine Reihe von Hexenprozessen. In
Innsbruck gab es einen Aufstand der Bewohner
gegen ihn, woraufhin Bischof Georg Golser
Kramers Arbeit überwachen und überprüfen
ließ. Man kam zu der Ansicht, dass Kramer zu
unbarmherzig war und niemals auch nur in
Erwägung zog, dass eine der angeklagten
Frauen unschuldig sein könne. Bischof Golser
ordnete an, die Hexenverfolgung einzustellen,
hob die Todesurteile auf und entließ die Frauen.

Weiterhin forderte er Heinrich Kramer auf, das Land zu verlassen.

Kramer erkannte, dass er klare Richtlinien benötigte, nach denen er handeln und die jedermann nachlesen konnte. So verfasste er im Dezember 1486 den Hexenhammer. Durch die aufkommende Buchdruckerkunst verbreitete sich seine Schrift rasch. Um ihr mehr Gewicht zu verleihen, fügte Kramer ihr die päpstliche Hexenbulle und die gefälschte Approbation mehrerer Kölner theologischer Professoren bei. Es gab eine gewaltige Auflage von 30.000 Exemplaren, dns aie den Anschein erweckte, eine Empfehlung für weltliche Richter zu sein, die von Institoris beauftragt wurden, das Todesurteil zu vollstrecken.

Henricus Institoris gab am Ende seines Leben an, 200 bis 400 Hexen überführt und zu Tode gebracht zu haben. In seiner Auffassung war er gnadenlos, so beschuldigte er all diejenigen, die nicht an Hexen glaubten, der Ketzerei.

Der Name Henricus Institoris wurde in Deutschland schnell bekannt. Schon sein bloßes Erscheinen löste Angst und Misstrauen aus. In seinen Hexenpredigten schüchterte er die Menschen ein, warnte sie vor dem Teufel und dem Hexenunwesen. Er sprach von dem bösen Blick, ungewöhnlichen Krankheiten, plötzlicher Impotenz oder eigenartigen Vorkommnissen. Er forderte die Menschen auf, jedes auffällige Verhalten sofort bei ihm zu melden. Jede

Verheimlichung würde geahndet werden. Institoris nahm jede Anklage ernst, und so gut wie jede Anklage führte zu einem Todesurteil. Er lehrte, dass der Teufel die Hexensekten leite und zusammen mit seinen Buhlinnen das Ende der Welt herbeiführen wolle. Unter der entsetzlichen Folter wie dem Wegbrennen sämtlicher Haare, um nach dem Hexenmal zu suchen, die der Kuss des Teufels verursacht hatte; dem Zerquetschen von Daumen und Schienbeinen; dem Herausreißen und Verbrennen von Fleisch; dem Verrenken von Gliedern durch das Aufziehen der Angeklagten mit auf dem Rücken gefesselten Armen; dem Herausschneiden von Haut und vielen anderen grässlichen Quälereien, gelangte Institoris regelmäßig zu Geständnissen, die ihn in seiner Meinung bestätigten.

Das genaue Vorgehen für die Folter hatte er in seinem Hexenhammer dargelegt. Malleus maleficarum hieß es, übersichtlich in drei Teile gegliedert. Den Namen „Hexenhammer" hatte er gewählt, weil die Hexen wie unter einem gewaltigen Hammer zermalmt werden sollten. Im ersten Teil wird erklärt, was eine Hexe überhaupt ist. Die Frau sei anfälliger für die schwarze Magie als Männer, deswegen gäbe es kaum Zauberer, sondern fast nur Hexen. Frauen seien minderwertig, stand im Hexenhammer, das ergäbe sich nicht nur daraus, dass sie erst nach Adam erschaffen wurden, sondern auch aus dem lateinischen Wort femina für Frau, das aus Glauben, also fides, und minus, also weniger, bestand.

Schwach im Glauben also. Außerdem nannte Institoris sie „Feind der Freundschaft", eine „unausweichliche Strafe", ein „notwendiges Übel", eine „begehrenswerte Katastrophe", eine „häusliche Gefahr", ein „erfreulicher Schaden", ein „Übel der Natur". Entstanden aus dem schadhaftem Samen des Mannes, oder bei schlechten Winden gezeugt. Eine Frau ist nur ein unvollkommener Mann, eine Behinderung an sich. Frauen sind nach Meinung des Inquisitors sexuell unersättlich (woher will er als Mönch das wissen?), daher unterhielten sie auch sexuelle Beziehungen zum Teufel, seien seine Buhlinnen, küssten seinen Hintern und ließen sich in unaussprechlichen Positionen vom Teufel penetrieren.

Im zweiten Teil beschreibt Institoris die magischen Praktiken beim Geschlechtsverkehr und wie man männliche Glieder wegzaubert. Da Männer klüger sind als Frauen, können sie ansehnliche Positionen durch ihr Wissen erwerben; da aber das Gehirn der Frauen wesentlich kleiner und einfacher sei, können diese kaum Wissen aufnehmen oder eigene Gedankengänge entwickeln, daher können sie gute Positionen durch durch Magie und Schadenszauber erwerben.

Institoris beschrieb im zweiten Teil ebenfalls,

wie man sich vor Zauberei schützen könne,
zum Beispiel, in dem man geweihtes Salz zu
sich nähme oder sich jeden Tag mit Weihwasser
ein Kreuz auf die Stirne zeichnete.
Im dritten Teil des Hexenhammers beschreibt
Institoris die Regeln für Hexenprozesse und
berichtet von Prozessen, die er geführt hatte. Er
schreibt, wie man eine Angeklagte verhört und
unter welchen Voraussetzungen die Folter
eingesetzt werden muss.
Zugegeben, als Johann mir detailliert vom
Hexenhammer berichtete, wurde mir etwas
bang. Natürlich wusste ich, dass manche
Mönche sich vor Frauen scheuten, weil sie um
ihr Gelübde der Keuschheit fürchteten, und ich
wusste auch, dass Männer wie Thomas von
Aquin darauf hinwiesen, dass sich auch im Leib
der schönsten Frau Schleim und Dreck befände,
und ich dachte aufsässig, dass es im Leibe eines
Mannes wohl kaum anders aussähe. Frauen
haben in unseren Zeiten kaum einen Wert, das
wurde mir immer wieder bewusst. Dennoch
freute ich mir für Johann, dass er auch die
Auszeichnung des Ketzermeisters erhielt.

Und es ging noch weiter mit den Ehrungen:
Nun wurde er auch noch Prior des
Dominikanerklosters zu Großglogau. 1517
wurde er in Leipzig Baccalaureus der Theologie,
und ein Jahr später Doktor der Theologie zu
Frankfurt an der Oder.

Wenn er nun als Ablassprediger in eine Stadt kam, wurde er mit begeistertem Jubel empfangen. Ein Mann, der derart von seiner Kirche geehrt wurden, musste ja schließlich mit allem, was er sagte, Recht haben, also war es nur konsequent, an seinen Lippen zu hängen und seinen Worten Glauben zu schenken. Ihm voraus schritten Mönche, die die päpstliche Bulle, in Samt eingebunden, hochhielten. Das rote Kreuz wurde auf einem Wagen gefahren, für jedermann sichtbar. Daran hingen die päpstlichen Fahnen und Wimpel. Auch der Ablasskasten wurde auf dem Wagen mitgeführt. Diesem kleinen Zuge eilten die Bewohner der Stadt entgegen; Pfaffen, Mönche, Ratsherren, Männer, Weiber mit ihren Kindern, mit Fackeln und brennenden Kerzen in den Händen. Sie jubelten und schrien vor Freude, diesem Mann, der ihnen Erlösung brachte, endlich zu begegnen. Erreichten sie die Stadt, so wurden die Glocken geläutet, und zogen sie in die Kirchen ein, wurden sie mit Orgelgebraus empfangen. Ich glaube, man hätte Gott selbst nicht herrlicher empfangen können als meinen Bruder.

Das Ablasskreuz stellte man auf den Hochaltar, den Ablasskasten davor, und Johann begann mit seiner Predigt: „Der Ablass ist das höchste und werteste Geschenk Gottes, und vermögend, den Sünder, auch ohne Reue und Buße, zu rechtfertigen. Er macht die, welche ihn lösen,

reiner als die Taufe, ja als Adam in dem Stande
der Unschuld gewesen ist; ich habe durch
meinen Ablass mehr Seelen erlöst, als Petrus mit
all seinen Predigten; wäre Petrus jetzt hier, er
könnte keinen größeren Ablass erteilen, als ich;
ich habe Macht, Lebenden und Toten Ablass zu
erteilen; die Toten werden im Augenblicke aus
dem Fegefeuer errettet, sobald der Groschen im
Kasten klingt! Lebendigen kann ich dadurch die
Sünden vergeben, welche sie auch noch ins
künftige tun werden; der Papst ist noch über die
Apostel, über die Engel, über die Heiligen und
sogar über die Jungfrau Maria erhaben; unser
Erlöser hat nach Seiner Himmelfahrt alle
Gewalt über die Kirche seinem Statthalter, dem
Papste, übergeben, und dieser übt sie bis zu dem
Tage des allgemeinen Weltgerichts, durch seine
Commissarien aus; das rote Ablasskreuz mit
dem daran hängenden päpstlichen Wappen ist
folglich als das Allerheiligste zu verehren, und
ebenso wirksam als das Kreuz Christi."
Anschließend verlas Johann die päpstliche
Ablasscommission oder das
Beglaubigungsschreiben, worin ihn der Papst
zum Ablass- oder Gnadenprediger erklärte.
Dann schritt er zu dem Ablasskasten, die man
auch „himmlische Fundgrube" nannte, und die
Sünder nahten sich voll Ehrfurcht mit ihren
brennenden Kerzen in den Händen dem
Ablasskreuz. Sie bekannten zerknirscht ihre
Sünden, gaben ihre Münzen und erhielten

dafür ihren mit den Namen des Commissars
versehenen Gnadenzettel.

Kennt Ihr heutzutage überhaupt noch den
Ablass? Das Wort Ablass bedeutet eigentlich
Nachlassung oder Nachsicht. In der Heiligen
Schrift steht, dass demjenigen Sünder, der seine
Sünden bereuet, Besserung gelobt und Buße tut,
Vergebung zuteil wird. Das heißt, der Glaube
an Jesus Christus schenkt Vergebung der Sünde
und den Erlass der Strafe.
In der allseligmachenden, also katholischen
Kirche, bedeutet Ablass jedoch etwas anderes:
Die Strafen, die der Priester dem Beichtkinde
auferlegt, werden erlassen. Dieses ermöglicht
der Schatz der Kirche: Die Verdienste Jesu
Christi, Seiner heiligen Mutter Maria und die
unserer Heiligen und Märtyrer haben diesen
unermesslichen Schatz erworben. Das ist so, als
wenn jedes Mal, wenn Jesu Christi oder ein
Heiliger ein gutes Werk getan oder für ihre
Glauben gelitten haben, und zwar mehr, als für
ihre Seelenrettung Not getan hätte, eine Münze
aus diesem Überfluss an Leiden in einer
Schatztruhe gelegt hätte. Dadurch kann für die
Sündenvergebung sozusagen jedes Mal eine
Münze aus diesem Schatz entnommen und
damit bezahlt werden. Der Papst besitzt dazu
den Schlüssel, und nur er und die Männer, die
er dazu ermächtigt, können aus diesem
Kirchenschatz Ablass geben. Daher nennt man

den Ablass auch „päpstliche Gnade" und die Ablassprediger „Gnadenprediger", die Ablassbriefe „Gnadenbriefe".

Das Fegefeuer steht schließlich jedem Menschen bevor, der sich um seine Sündenvergebung kümmert oder der niemanden hat, der sich stellvertretend für ihn darum bemüht. Der Gedanke, man müsse jahrelang brennen und grässliche Schmerzen erleiden um seiner Sünden willen, macht doch aus jedem Gläubigen einen bereitwillig zahlenden Menschen.

Natürlich gab es auch zusätzliche Ablässe wie z.B. zu den Jubeljahren, die anfangs alle hundert Jahre stattfanden, dann auf 50 Jahre und weiterhin auf 33 Jahre sanken, da Jesu Lebenszeit 33 Jahre betrug. Letztlich wurden die Jubeljahre alle 25 Jahre ausgerufen, damit alle Generationen in den Genuss eines allgemeinen Ablasses kämen. Gutes Geld kam damit für den Papst in dessen Kasse. Ablass konnte auch erwerben, wer Geld gab, um sein Land vor den Türkenheeren zu schützen oder ein geistliches Gebäude mitzufinanzieren. Weiterhin gab es die beliebten Butterbriefe, die es dem Käufer erlaubten, auch an Fasttagen Butter- und Milchspeisen zu essen.

Im Jahre 1508 führte ihn sein Weg nach Erfurt, wo Martin Luther studierte. Freilich kannte noch niemand diesen kleinen vermaledeiten

Mönch, der später ein solches Gepolter erheben und die Kirche spalten sollte. Ach, wäre er doch nie geboren worden. Aber noch lebte er unauffällig in seinem Erfurter Kloster und suchte Gottes Gnade, nachdem er drei Jahre zuvor in Rom so sehr von der dortigen Geistlichkeit enttäuscht worden war. Damals hatte er einen Ablassbrief gekauft, um seinen Großvater aus dem Fegefeuer zu holen. Das war ein gutes Werk gewesen, aber nun schmorte der arme Heinrich Luther wohl doch wieder im Fegefeuer, nachdem dessen Enkel Martin Luther meinem Bruder Johann das Leben so unerträglich gemacht hatte.

In Erfurt gab es zunächst anderen Ärger. Ein anderer Ablasskrämer namens Sebastian war bereits dOrt, und verärgert über Johanns Anwesenheit sagte er in seiner Predigt: „Liebe Freunde, wir sollten auf diesen heutigen Tag unsern Kram oder Ablass auslegen; es ist aber ein fremder Krämer hier, der soll bessere Ware haben als wir; wenn der aber weg ist, wollen wir mit unserer Krämerei nachkommen." Dieser Sebastian eiferte öfters scharf gegen Johannes; er predigte gegen das sündhafte Leben der Kleriker, gegen die Unwissenheit und die Trägheit der Menschen. Sogar gegen den Ablass predigte er. Er wollte eine Reformation und prophezeite: „Es wird eine Zeit kommen, wo man euch das Evangelium aus der Bibel lesen wird. Eurer Etliche werden das erleben,

ich werde es nicht mehr erleben."
Aus der Bibel lesen? Was für eine absonderliche
Idee. Damit die meist ungebildeten Menschen
aus dem Volk die Bibel verstehen können, hätte
man sie ins Deutsche übersetzen müssen. Die
Bibel in der Sprache des Pöbels, das war ein
gotteslästerlicher Gedanke. Eigentlich las
niemand die Bibel, in den Messen hörten wir
Heiligenlegenden und fromme Geschichten. Die
Liturgie, die nur auf Latein abgehalten wurde,
verstanden wir nicht, aber das war auch gar
nicht nötig. Wir folgten andächtig dem
Gemurmel und den Zeremonien des Priesters,
der uns den Rücken zuwandte und mit Gott
sprach. Was dieser Sebastian da sagte, war also
bestenfalls lächerlich. Viele Studenten und
Bürger hörten ihm begeistert zu, aber Johann
und den anderen Geistlichen war er ein Dorn
im Auge, sogar der Rat der Stadt Erfurt beäugte
ihn misstrauisch. Sebastian entwich nach
Magdeburg, kam aber bald zurück und starb in
Erfurt.

Johann zog weiter nach Meißen, dann blieb er
fast zwei Jahre in Annaberg. Dort war er
unglaublich erfolgreich. In der St. Anna-Kirche
hatte er sein rotes Kreuz errichtet, und mit dem
Argument, je mehr Ablass man löse, desto mehr
Ausbeute würden die Berge geben, ja, die Berge
würden selbst zu Silber werden.
Nicht jeder war ihm Freund, ihm schlug auch

viel Neid und Ablehnung entgegen. Mykonius zum Beispiel sagte böse: „Tetzel trieb beinahe zwei Jahre sein Wesen in Annaberg, und schwatzte den Leuten immer vor, dass kein anderer Weg zur Vergebung der Sünde und zur Seligkeit sei, als die Genugtuung durch so genannte fromme Werke. Weil aber der Mensch in seinem Vermögen zu schwach sei, sie alle zu tun, so gäbe es kein besseres Mittel, als dass man Ablass kaufe, wodurch nicht nur den Menschen die Sünde vergeben, sondern ihnen auch der Himmel eröffnet werde. Ich könnte mehr davon sagen, was er täglich predigte.

Ich selbst hörte ihm auch fleißig mit aller Andacht zu, so dass ich alle seine Predigten auswendig wusste. Ich hielt auch alle seine Worte für Orakel und pure göttliche Wahrheit und war der Meinung, dass, wen der Papst schicke, wäre von Christo selbst gesendet. Um Pfingsten des Jahres 1508 gab nun Tetzel vor, er wolle das Kreuz abbrechen und den eröffneten Himmel zuschließen, und dann werde niemand mehr so wohlfeil (billig) Vergebung der Sünden erhalten als bisher; auch werde der Heilige Vater zu Rom gegen Deutschland nicht wieder so milde und freigiebig sein als bisher. Darum ergehe an alle die Ermahnung, dass ein Jeder seiner eigenen, wie auch der bereits verstorbenen Freunde Seligkeit wahrnehmen möchte. Jetzt wäre die angenehme Zeit; jetzt ist der Tag des Heils. Es solle niemand seine Seligkeit versäumen! Wer keinen päpstlichen Ablassbrief hat, den kann niemand anderes absolvieren.

An die Kirchtüren wurden täglich Briefe angeheftet, darinnen die Menschen vertröstet wurden, dass Seine Heiligkeit der Papst den Deutschen die Ablassbriefe wohlfeiler als sonst ablassen wolle, und im Schlusse wurde hinzugefügt, dass den Armen Ablass umsonst und um Gottes Willen gegen werden solle.

Da bekam ich auch Lust, Ablass mir zu holen. Mein Vater hatte mich in meiner Jugend die zehn Gebote, den Glauben, das Vaterunser gelehret, auch dabei ermahnet, fleißig das zu beten, weil uns Gott alles aus Gnaden geben und uns segnen wolle, wenn wir nur fleißig und ernstlich beteten. In Christi Blute sei das einzige Lösegeld für die Sünden der Welt zu finden, und der römische Ablass sei ein Goldnetz, einfältige Leute um ihr Geld zu betrügen, da man Vergebung der Sünde nicht für Geld kaufen könne.

Als ich nun aber den Tetzel in seiner Predigt den Ablass so herausstreichen hörte, und nichts von ihm von der Genugtuung Christi für unsere Sünden und von der Gnade Gottes vernahm, da wurde ich zweifelhaft, ob ich den Lehren meines Vaters oder denen Tetzels Beifall schenken sollte und kam zuletzt auf den Gedanken, dass nur diejenigen der Früchte des

Todes Christi teilhaftig würden, die durch gute Werke Genugtuung suchten und Ablass nähmen. Doch wollte ich nicht zugeben, dass die Vergebung der Sünden um Geld erlangt würde, sonderlich von den Armen. Daher gefiel mir der Anhang der Ablassbulle: den Armen solle man den Ablass umsonst und um Gottes Willen verabreichen!

Da nun aber zu befürchten war, dass innerhalb drei Tagen das Kreuz solle weggetan und die Pforte des Himmels geschlossen werden, so eilte ich, um Ablass zu bitten. Deshalb ging ich in die Wohnung Tetzels, wie so viele es taten, und verlangte Vergebung der Sünden und darüber einen Ablassbrief, aber um meiner Armut willen umsonst, wie es in der Bulle geschrieben stehe. Das schlug mir Tetzel nun rund ab, weil nur dem Ablass gegeben werde, der hilfreiche Hand reiche, d.h. Geld gäbe. Tetzel beharrte hartnäckig auf seiner Forderung und ich berief mich vergebens auf das päpstliche Versprechen in der Bulle, und so wurde ich abgewiesen. Ich freue mich aber, dass es einen Gott im Himmel gibt, der umsonst und ohne Entgelt den Bußfertigen nach Seiner gnädigen Verheißung: „So wahr Ich lebe, Ich will nicht den Tod des Sünders, sondern dass er sich bekehre und lebe!", ihre Sünden vergibt." Dies alles schrieb Mykonius, der später die Kirche verriet, indem er Luthers Reformation verteidigte.

Johann predigte in seinen zwei Jahren in

Annaberg auch in den umliegenden Orten, ging dann in die Oberlausitz und nach Görlitz. Im November 1509 ersuchte ihn der Rat der Stadt, der Peterskirche, die nur ein Schindeldach besaß und ein Kupferdach erhalten sollte, auszuhelfen. 45.000 Reichstaler sollen zusammengekommen sein.

Johann ging weiter nach Chemnitz, wo jedoch die Geschäfte schlecht liefen, da die Pest die Einwohnerzahl stark dezimiert hatte. So ging Johann zurück nach Annaberg, jedoch verbot der Bischof zu Meißen den Ablasshandel. Also ging er weiter nach Glauchau.

Im Jahre 1512 erhielt Johann die Erlaubnis, Milch- und Butterbriefe zu verkaufen. In den häufigen Fastenzeiten, immerhin um die 130 Tage im Jahr, war es verboten, Butter, Käse, Milch, Eier und Fleisch zu essen. Nun erlaubte der Papst, sich gegen Geld von dem Fasten befreien zu lassen. Natürlich war dies verlockend für die schwächeren Naturen. Trotzdem verkauften sich diese Butterbriefe nicht allzu gut; irgendein unguter Geist verbreitete die Meinung, dass Jesus selbst und durch Seine Religion dem Fasten entbunden hat, denn der Mensch lebte doch von allem, was durch den Mund Gottes gehet, und dass das, was durch den Mund gehet, den Menschen nicht verunreinigen kann, da es den Körper auch wieder verlässt.

Johann ging weiter nach Nürnberg und Ulm.

Die Ulmer waren jedoch recht undankbar und verübelten es ihm, dass er ausrief: „Jetzt ist die Zeit der Gnade vor der Türe! Ihr Weiber, verkauft eure Schleier, und kauft euch Ablass dafür!" Hatte Johann nicht Recht mit jedem Worte? Was nutzt der schönste Schleier, wenn man dafür seine Seligkeit einbüßt?

Ein Ulmer Priester namens Conrad Kraft warnte die Bürger sogar vor Johann: „Es ist ein Lockvogel aufgestanden, der euch gern das Geld aus dem Beutel schwatzen möchte. Glaubt ihm nicht, liebe Freunde, denn Christus ist allein unser Ablass und Sühnopfer, sofern Er für unsere Sünden genug getan hat und für uns bezahlte." Entsprechend murrten die Ulmer Bürger gegen die Dominikaner, die ihnen Gottes Heil verkaufen wollten.

Ich werde nie vergessen, wie meine Nachbarin Elisabeth, die oftmals neidisch auf meinen berühmten Bruder war und immer wieder Spitzen gegen mich abfeuerte, zu mir kam und in ihrer falschen Art sagte: „Ach, Johanna, was tust du mir leid. Nein, was für ein Unglück das doch ist mit deinem Bruder."

Ich fuhr erschrocken hoch. „Wieso? Was ist mit Johann? Hast du Nachricht von ihm?"

Sie grinste hinterhältig. „Oh, hast du es noch nicht vernommen? Dein lieber Johann soll in Ulm einen Bürger misshandelt und eine Liebschaft mit einer Frau begonnen haben. So heilig ist er denn wohl doch nicht, oder?"

Am liebsten hätte ich dieser falschen Schlange, die mich hämisch betrachtet, die Rüben, die ich soeben für das Mittagsmahl vorbereitet hatte, in ihr feistes Gesicht geworfen. Diese Vettel mit ihrem hässlichen Gemahl und ihren ungezogenen schmutzigen Kindern war mir schon lange ein Dorn im Auge, weil sie mich oft zu beobachten versuchte, um etwas zu finden, was sie über mich tratschen konnte. Nun glaubte sie, ihre Stunde sei gekommen. Mit zitternder Stimme antwortete ich: „Nie und nimmer glaube ich, dass mein Bruder so etwas getan hat. Er ist ein Mann Gottes, ein Doktor der Theologie, wohlangesehen bei unserem Heiligen Vater in Rom. Gewiss sind es Neider, die genau wie du nur vom Schlechten ausgehen können. Fege du vor deiner eigenen Tür und lasse mich mit deinen Gerüchten in Frieden!" Kichernd zog sie ab, diese Vettel, und rief mir noch zu: „Johann soll in Ulm gesäckt und in der Inn ersäuft werden wegen seiner Vergehen!" Ich konnte mir leicht ausmalen, dass sie nun sämtliche Nachbarinnen besuchte und allen erzählte, was ihr über meinen Bruder zu Ohren gekommen war. Weinend setzte ich mich an den Küchentisch und vergrub mein Gesicht in meinen Armen. Erst später erfuhr ich, dass der Kaiser Maximilian I. höchstselbst sowie der Sächsische Kurfürst Friedrich der Weise sich für Johann eingesetzt hatten. Das hätte sie wohl nicht getan, wenn sie nicht die beste Meinung

über ihn gehabt hätten, oder? Aber mein
Johann wurde nun zu einer lebenslänglichen
Gefängnisstrafe verurteilt und zu diesem Behufe
nach Leipzig verbracht. Doch seine Freunde, die
an seine Unschuld glaubten, setzten sich für
Johann ein und erreichten tatsächlich nach
einiger Zeit seiner Freilassung. Ich war so
erleichtert. Mein kleiner Bruder, mein Johann,
eingekerkert in einem Turm an der Stadtmauer
– das war so ein furchtbarer Gedanke.
Johann sollte nun nach Rom pilgern von dem
Heiligen Vater einen vollständigen Ablass für
seine Sünden erlangen. Johann war darüber
nicht sonderlich traurig, er hatte sich schon
immer gewünscht, nach Rom zu kommen.
Vielleicht, so hoffte er, könnte er dort sogar ein
einträgliches Ehrenamt erhaschen.
Natürlich benötigte er dazu Hilfe, am besten
durch ein Empfehlungsschreiben. Wer könnte
ihm diese Hilfe angedeihen lassen? Am besten
jemand, dem Johann ebenfalls helfen könnte.
Die Wahl fiel auf Erzbischof Albrecht von
Mainz. Albrecht war der zweite Sohn des
Kurfürsten Johann Cicero von Brandenburg
und dessen Eheweib Margaretha, einer Tochter
des Herzogs Wilhelm III. von Sachsen. Da
Albrecht als Zweitgeborener kein Anrecht auf
die Erbfolge hatte, bestimmten seine Eltern, dass
er die geistliche Laufbahn einschlagen sollte.
Im Jahre 1508, mit nur 18 Jahren, wurde er
bereits Domherr in Magdeburg, ein Jahr später

in Mainz. 1513 wählte man ihn zum Erzbischof von Magdeburg und Bischof von Halberstadt. Eigentlich musste man mindestens 30 Jahre alt sein, um Erzbischof zu werden – Albrecht war aber erst 23. Erst in diesem Jahr war er zum Priester geweiht worden.

Papst Leo X. erhob Einspruch, weil Albrecht bereits so viele Ämter angehäuft hatte, aber man fand einen Kompromiss: Albrecht wurde nicht formell Bischof von Halberstadt, aber immerhin Administrator. 1514 wurde er Erzbischof von Mainz. Normalerweise darf niemand so viele Ämter innehaben, aber wie immer spielte bei dieser Ausnahme Geld eine Rolle. Das Domkapitel musste innerhalb nur eines Jahrzehnts zum vierten Mal die Palliengelder von 20.000 Gulden aufbringen. Daher musste man jemanden wählen, der diese Summe selbst aufbringen konnte. 1518 wurde er sogar zum Kardinal gewählt. Er ist bis heute der einzige Mann, der in jungen Jahren derartig viele Ämter innehatte. Und das alles, obwohl man wusste, dass er jahrelang ein Verhältnis mit der Bäckerstochter Ursula Riedinger hatte.

Albrecht musste nun die Summe von 30.000 Gulden aufbringen, aber so viel Geld hatte er nicht. Das Bankhaus Fugger gewährte ihm ein Darlehen auf acht Jahre, das Geld wurde direkt an den Papst ausgezahlt. Die Rückzahlung sollte durch Ablassgelder erfolgen. Der Papst setzte eine Verdoppelung der Summe durch, mit der

Bedingung, dass die Hälfte der Summe als ihm selbst als Peterspfennig zufallen sollte. Der Papst hatte sich in den Kopf gesetzt, den Petersdom neu zu erbauen, dazu konnte er gar nicht genug Geld zusammenbekommen. Bedachte man jedoch, dass das Sammeln von Ablassgeldern mit erheblichen Nebenkosten verbunden war, wurde klar, dass weit mehr Geld als 60.000 Gulden zusammengebracht werden musste. Also wurde mein Bruder Johann mit der Aufgabe betraut, das Geld für den neuen Petersdom zusammenzusammeln. Albrecht nahm Johanns Angebot gerne an. Johann war wie beflügelt. Er nahm sich vor, die Leute fleißig zum Kauf von Ablassbriefen zu bringen, sie von der Entsetzlichkeit und dem Schrecken der Hölle und des Fegefeuers zu überzeugen und ihnen zu sagen, wie sie Gnade von Gott, unserem Herrn, empfangen konnten.

Könnte es besser sein? Alle Seiten würden gewinnen: Albrecht, Johann und die deutsche Menschheit. Und sogar der Heilige Petrus, denn es war eine gesegnete Aufgabe, dafür zu sorgen, dass seine Gebeine endlich in einem standesgemäßen Dom zur letzten Ruhe gebettet werden konnten.

Ich dankte Gott auf Knien und stiftete eine große Wachskerze für das Seelenheil meines Bruders. Der Papst begnadigte meinen Bruder natürlich und er gelobte, der Kirche treu und fleißig zu dienen, und Erzbischof Albrecht

erhielt den offizielle Auftrag, den Ablass
verkündigen zu lassen. Papst Leo X., der keine
Kosten und Mühen scheute, um den Petersdom
zu einer möglich herrlichen Gedenkstätte
erbauen zu lassen, verkündete nun nicht nur
den allgemeinen Ablass, sondern auch die
Rettung der verstorbenen Seelen aus dem
Fegefeuer.

Papst Leo X. war ein prächtiger Papst, von dem
sich lohnt, ein wenig zu erzählen. Sein
weltlicher Name lautete Giovanni de' Medici,
der am 11. Dezember 1475 in Florenz geboren
wurde. Am 11. März 1513 begann er sein
Pontifikat. Seine Mutter hatte gewünscht, dass
ihr zweitgeborener Sohn, das sechste von neun
Kindern insgesamt, die kirchliche Laufbahn
einschlagen sollte, daher sorgte sie von Beginn
an für eine besondere geistliche Erziehung.
Sein Vater Lorenzo, der Prächtige, sorgte
hingegen für eine ausgewogene humanistische
Erziehung.
Im Alter von sieben Jahren erhielt Giovanni das
Sakrament der Firmung und auch gleich die
Tonsur als Zeichen, dass er dem geistlichen
Stande zugehörig war.
Nach seiner allgemeinen Ausbildung studierte
Giovanni Kirchenrecht und Theologie in Pisa.
Mit nur acht Jahren wurde er Domherr von
Florenz und fungierte nominell in den Klöstern
San Michele in Arezzo und San Michele in

Passignano als Abt. Die Mönche wehrten sich dagegen und konnten nur mit Androhung von Waffengewalt überzeugt werden, die Wahl des kleinen Giovanni anzunehmen.

Im November 1486 äußerte Papst Innozenz VIII. den Wunsch, dass sein Sohn Francesco Cibo die Tochter Maddalena de' Medici, die Schwester von Giovanni, heiraten solle, um die Beziehungen zu Florenz zu verbessern und seinem Sohn dessen Zukunft zu sichern. Lorenzo verlangte als Gegenleistung die Erhebung seines Sohnes Giovanni zum Kardinal. So kam es, dass Giovanni bereits im Alter von 14 Jahren in den Kardinalsstand erhoben wurde. Zwar musste diese Ernennung drei Jahre lang verheimlicht werden, aber im März 1492 wurde sie veröffentlicht.

Im Sommer des gleichen Jahres starb Papst Innozenz VIII., und Giovanni durfte – nachdem er ja gerade erst offizielle Kardinal geworden war – an seinem ersten Konklave teilnehmen. Kardinal Rodrigo Borgia wurde als Papst ernannt und nahm den Namen Alexander VI. an.

1494 stiftete der Mönch Girolamo Savonarola (siehe Anhang) einen Aufruhr an, und die Familie de Medici musste aus Florenz flüchten. In den folgenden fünf Jahren reiste er mit seinem Vetter Giulio, dem späteren Papst Clemens VII., durch Europa.

Anno 1500 kehrte Giovanni zurück nach Rom.

1503 wurde Kardinal Della Rovere, der wie Giovanni ein Gegner des Papstes war, zum Papst gewählt und nannte sich fortan Julian II. Er verstarb am 21. Februar 1513, und Giovanni de Medici wurde der neue Papst. Nach seiner Wahl wurde er erst einmal zum Priester geweiht und zwei Tage später zum Bischof, erst dann konnte seine Krönung zum Papst erfolgen. Der neue Papst Leo X. genoss sein Pontifikat. Einer seiner Leitsätze war: „Wenn Wir denn nun schon Papst sind, dann lasst es Uns auch genießen!" So forderte er wirklich alles von seinen Bediensteten und seiner gesamten Umgebung. War sein Hofnarr nicht spaßig genug, so ließ er ihn verprügeln. Er liebte das Angeln und besonders das Jagen, noch mehr jedoch prachtvolle Feste und Karnevalsumzüge. Er besuchte häufig seine Menagerie, worin sich sogar ein Elefant, wenn auch nur ausgestopft, befand. Das Tier war ein Geschenk des portugiesischen Königs Manuel I. gewesen, hatte jedoch die Reise nach Rom nicht überlebt. Diesem Papst diente mein Bruder Johann nun. Ob er sich daran störte, wie verschwenderisch und prächtig Leo lebte? Ich weiß es nicht. In den letzten Tagen von Johanns Leben, als ich an seinem Krankenlager saß, erfuhr ich von diesen Dingen, doch – wie die meisten Männer – hielt er sich mit seinen persönlichen Gefühlen zurück. Doch davon berichte ich Euch später.

Der Papst sandte mehrere Ablasshändler aus.
Sie gingen nach England, in die Schweiz, nach
Dänemark, Schweden und Johann Angelus
Arcimbold nach Deutschland. Dieser wiederum
berief einige Unterablasshändler, darunter
meinen Bruder.

Johann ging zuerst nach Meißen und in die
Mark. Das war im Jahre 1516. Er zog durch
Städte und Dörfer, predigte Ablass und nahm
Geld für den Papst ein. Die Menschen lauschten
begeistert, wenn er verkündete, dieser Ablass sei
eine kräftige Arznei für Lebendige und Tote.
Auch nach Leipzig kam er. Als, was war das für
eine Freude, als er mich in seine starken Arme
nahm und an seine immer breiter werdende
Brust drückte. Prächtig sah er aus; rund und
tatkräftig, er platzte schier vor Lebenslust und
Energie.

Er predigte in der St. Pauli-Kirche und in der St.
Nicolai-Kirche, wo ich natürlich hinging, um
seiner Predigt zu lauschen. Die Kirche war
derartig voll, dass man fast nicht mehr atmen
konnte. Die Bänke waren natürlich von den
reichen Bürgern besetzt, die ihre festen Plätze in
der Kirche hatten. Die armen Leute drängten
sich auf dem Emporen und an den Seiten, sie
standen im Eingang und versuchten, Johanns
Worten zu lauschen. Manche von ihnen riefen
in Kurzwort den hinter ihnen Stehenden zu,
was Johann sagte, und diese wiederum schrien
die Botschaft weiter.

Es war nicht zu zählen, wie viele Menschen gekommen waren, um an der Predigt teilzunehmen. Alle waren bereit, ihre letzten Schreckenberger, Spitzgroschen und Goldgulden zu geben, um das Seelenheil für sich selbst, ihre Angehörigen und ihre Verstorbenen zu erkaufen.

Ich war froh, dass ich als seine Schwester einen Ehrenplatz recht weit vorne erhielt, und schaute bewundernd zu Johanns Klosterbrüdern, wie sie Berge von vorgedruckten Ablassbriefen bereithielten, ihre Schreibfedern spitzten und ihre Tinte bereithielten. Hinter ihnen standen Schatztruhen, um die vielen Münzen aufzunehmen; später wurden die Gelder in den riesigen Ablasskasten verpackt, die Johann und seine Klosterbrüder mit sich führte. Eine gewaltige Kiste war dies; es fiel nicht schwer, sich vorzustellen, wie viel Geld Johann für den Papst und damit für den Petersdom zusammenbrachte. Gott segne meinen kleinen Bruder.

Am nächsten Tag besuchte er mich und meinen Gemahl, und ich bemühte mich, ein reichhaltiges und schmackhaftes Essen auf den Tisch zu bringen. Viel zu selten sahen wir uns, seine heiligen Pflichten führten ihn ja stets durch unsere deutschen Landen. Überglücklich hörte ich zu, wie Johann von seinen Erlebnissen erzählte, von den vielen Gläubigen, von den tausenden geretteten Seelen und der

Dankbarkeit der Menschen. Sein Ruf war ihm stets vorausgeeilt, und er liebte es, wenn er den unzähligen Menschen predigen und sie retten konnte. Ein schöneres Leben konnte Johann sich nicht vorstellen, und ich wünschte mir für ihn, dass es immer und immer so weitergehen sollte. Johann hielt sich oft in der Gegend um Leipzig auf, und so konnten wir uns öfters sehen, was mich sehr glücklich machte.

Natürlich – ein Heiliger wurde mein Bruder nicht. Er genoss seinen Erfolg, und die Menschen in den Städten und Dörfern, wo er predigte, verdankten ihm gute Geschäfte. Überall, wo es Ablassmärkte gab, schuf man Möglichkeiten zum Kegelschieben, bei dem man einen Ochsen gewinnen konnte; oder zum Würfelspiel, bei dem man Zinn, Pfefferkuchen oder andere Ergötzlichkeiten als Gewinn aussetzte. Die Gastwirte und deren Weiber brachten Gesottenes, Gebratenes und Gebackenes – nicht zu vergessen Gebrautes - auf ihre Schanktische und verdienten sich ein goldenes Näslein.

Natürlich brachte ihm dieser Erfolg viele Neider ein. Der kurfürstlich-sächsische Kanzler Pfeifer schrieb: „Johann Tetzel strich den päpstlichen teuren Ablass- und Seelenhandel, als ein verlogener und unverschämter Wäscher, den Bauern, dem einfältigen Volke, das sich aus nichts finden kann, prächtig heraus und machte ihnen weis, dass, wenn sie nur Geld in das aufgesetzte Becken würfen, von Grund an die Seelen ihrer Verstorbenen aus dem Fegefeuer in den Himmel führen, und die Lebendigen würden aller Sünden, wie aller Strafen, die sie bei Gott mit ihren Sünden verdient hätten, quitt und frei, und dass sie desto eher seinen Worten glauben möchten, gab er ihnen einen Pergamentbrief mit dem päpstlichen Wappen, welchen man einen Ablassbrief nannte. Dieser Ablassprediger zog durch ganz Meißen, und markte mir seiner verdorbenen und unnützen Ware viel Geld, wiewohl unter dem Haufen auch Rechtgläubige waren, welche die Bosheit und den Betrug, der auf solchen Märkten getrieben wurde, und einen Abscheu davor hatten; doch unterstand sich niemand, wider den kleinen Gott zu Rom zu reden."

Es schmerzte mich, dass uns immer wieder böse Geschichten über Johann zu Ohren kamen. Meine Nachbarin Elisabeth, hatte mich erst kürzlich beschuldigt, von Johann ein Pferd erhalten zu haben, dass er von dem Ablassgeld für uns erworben hatte. Dabei war das völliger Unsinn. Mein Gemahl Jakob war sehr erfolgreich mit seinem Fuhrunternehmen; er nahm gutes Geld ein, und das neue Pferd hatte er von seinem Gelde erworben. Johann hatte nichts damit zu tun, das kann ich vor der Heiligen Jungfrau Maria beschwören.
Der dummen Geschichten war es nicht genug.

Jakob kam eines Abends nach Hause, setzte sich an den Tisch, den ich schon gedeckt hatte, und erzählte: „Mir ist heute eine üble Geschichte über Johann zu Ohren gekommen. Ob sie wahr ist, weiß ich nicht, aber es hat den Leuten Freude bereitet, mir diese Geschichte zu erzählen."

Ich war bestürzt. „Wieso?", fragte ich aufgeregt, „was ist mit Johann?"

Jakob kratzte sich nachdenklich am Kopf. „Nun," antwortete er gedehnt, „man hat mir diese Geschichte folgendermaßen erzählt: Johann hatte sich bei dem Küster zu Zwickau als Gast eingeladen. Dieser wollte jedoch nicht und meinte, er sei zu arm, um einen solch hohen Gast zu bewirten. Johann jedoch winkte ab und ließ den Küster im Kalender nachsehen, wer der Tagesheilige des nächsten Tages sein. Juvenal war es, ein kaum bekannter Heiliger. Johann meinte, er wolle ihn schon berühmt machen. Der Küster solle nur wacker und frisch die Glocken läuten. Viel Volk betrat die Kirche, und Johann predigte: 'Ich muss euch etwas eröffnen, was zu wissen zur Seligkeit nötig ist. Ihr wisset, dass wir schon viele Heilige angerufen haben, allein solche fangen an, alt zu werden und sind es müde, uns zu hören. Heute aber begehen wir das Gedächtnis des heiligen Juvenal, der euch bisher nicht sehr bekannt gewesen ist, aber, meine Lieben, seid versichert, wo ihr diesen, euch neuem Heiligen, mit neuer

Andacht verehren werdet, so wird's nicht fehlen, er wird sich über diesen neuen Dienst desto mehr erfreuen und desto williger euch zu Hilfe kommen. Er war einer aus der Zahl der heiligen Märtyrer, der sein unschuldiges Blut vergossen hat. Seid ihr nun begierig, seiner Unschuld vor Gott teilhaftig zu werden, so eröffnet ihm zu Ehren eure Freigiebigkeit am heutigen Tage. Ihr Vornehmen, gehet den Übrigen mit einem guten Exempel vor und opfert allzumal reichlich.' Er blieb auf der Kanzel stehen, damit er sähe, was jeder opfern würde; stellte selbst Leute an die Kirchentüre, die niemand hinauslassen durften, es sei denn, sie hätten vorher geopfert. Endlich ging er von der Kanzel, legte auch ein und sagte zuletzt zu dem Küster: 'Es ist genug.' Und so ließen sie es sich wohl sein.“

Nach dieser Erzählung schwieg ich entsetzt. Nein, ich konnte nicht glauben, was Jakob mir da erzählte. „Nie im Leben hat Johann so etwas getan“, brachte ich mühsam hervor. „Mein Bruder ist ein Mönch, er ist Gott zum Dienste verpflichtet. Niemals presst er den Gläubigen Münzen ab, um es sich selbst davon schön zu machen. Nein, nie!“

Erstaunt bemerkte ich, wie unsere Dienstmagd verschämt zu Boden blickte. Hastig drehte sie sich um und hantierte sinnlos am Ausguss herum. „Was ist?“, fragte ich streng. „Ist dir diese Geschichte auch schon zu Ohren gekommen?"

Sie schüttelte den Kopf. „Nein, Herrin,"
antwortete sie leise, so dass ich sie kaum
verstehen konnte, „ich habe etwas anderes
gehört."

Ich zog scharf Luft ein. „Was soll das heißen?",
herrschte ich sie an. „Sprich!"

Zögern begann sie zu erzählen: „Ich habe eine
Geschichte gehört, die sich in Zwickau begeben
haben soll. Als Euer Bruder schon einige Tage
Ablass verkauft und nun abreisen wollte, sagten
die Pfarrer und Kaplane zu ihm: 'Herr, Ihr
ziehet nun weg, und wir haben von Eurem
Ablass keinerlei Genuss gehabt. Ihr hättet doch
wohl davon auch uns etwas zum Besten geben
sollen, dass wir auch gutem Mut darauf gehabt
hätten.' Euer Bruder erwiderte, er habe die
Ablassgelder bereits eingepackt, er wolle aber
doch der Sache genügen und am folgenden Tag
wieder zur Kirche gehen und die große Glocke
in Bewegung setzen lassen wolle. Als sich das
Volk wegen des Geläuts in der Kirche
versammelt hatte, hielt er folgende Rede: 'Ich
hatte mich schon geschickt, diesen Morgen
abzureisen; allein die vergangene Nacht ist eine
arme Seele auf dem Kirchhofe gewesen und hat
so jämmerlich gewinselt und geflehet, dass man
ihr zu Hilfe kommen und sie aus ihrer
erschrecklichen Pein erlösen möchte, dass ich
nicht umhin konnte, diesen Tag noch zu
verharren. Für diese arme Seele werden wir

nun eine Messe halten. Mögen daher alle recht fleißig opfern, damit diese arme Seele aus ihrer Pein erlöset werde. Wer solches aber nicht tut, der zeigt dadurch, dass er kein Mitleid mit der armen Seele hat, ja, er muss selbst in Sünden ersoffen sein, weshalb die arme Seele nun leidet. Ist er ein Mann, so ist er entweder ein Ehebrecher oder Hurer; ist es ein Weib, so ist sie gewiss eine Hure oder Ehebrecherin. Damit ihr nun sehet, dass Not vorhanden ist, so will ich selbst zum Opfer gehen.' Er war daher der erste, welcher opferte. Darauf erfolgte ein solcher Opfergang, dass die Leute in der Kirche einander selbst Geld abborgten, um einlegen zu können; denn niemand wollte gern ein Hurer oder Ehebrecher, oder eine Hure und Ehebrecherin sein. Das Geld gab er nun den Pfaffen zum Besten, welche leichtfertig es verprassten."

Ich war leichenblass geworden. Mir wurde schwindelig, und Jakob sprang auch, um mich zu stützen. „Woher hast du diese bösartige Geschichte – sag!"

Die Magd wich zurück. „Man erzählt es sich auf dem Markte, Herrin. Ich weiß ja nicht, ob sie wahr ist; Euer Bruder ist doch ein guter Mensch, oder? Er hat mir doch auch einen Ablassbrief ausgestellt. Ich habe ihn wohl verwahrt, ich will doch nicht ins Fegefeuer..."

Ich holte tief Lust. „Das wirst du auch nicht. Tu nur mit Fleiß deine Arbeit und halte dich von

bösen Geschichten fern. Und dass du mir diese widerwärtige Geschichte ja nicht weitererzählst, hörst du?"
Verschreckt nickte sie und eilte sich, das Essen auf den Tisch zu bringen.

Drei Wochen vor Ostern 1517 kam Johann nach Annaberg und stiftete den den Annaberger Ostermarkt. Nun war die Zeit gekommen, in der Papst Leo X. dem Erzbischof zu Mainz und Magdeburg das Kommissariat übertrug. Dieser ernannte Johann nun zum Subcommissarii, seinem Procurator und bestätigte ihn als Ketzermeister. Johann erhielt nun eine päpstliche Bulle, worin stand, dass der Papst ihm volle Macht und Freiheit gab, den Ablass zu sammeln und zu erteilen, jedoch nicht nur im Mainzischen und Brandenburgischen Sprengeln, sondern in ganz Deutschland. Johann ließ diese Bulle auf einem mit Samt gebundenem und mit Gold beschlagenen Buch liegen, was sich prachtvoll ausnahm. Diese Bulle ließ er vor sich hertragen, zusammen mit dem roten Ablasskreuz, wenn er in eine Stadt kam. Natürlich steigerte dies noch seine Beliebtheit. Nachdem sich herumsprach, dass Johann Ketzermeister war, erwiesen ihm die Menschen Respekt; niemand wollte bei ihm in Ungnade fallen. Und ist es nicht traurig, dass ihm manche Leut mit Neid und Hass verfolgten; die nicht verstanden, welch heilige Pflichten mein Bruder nachkam? So schrieb Buchart in seiner Thüringischen Chronik: „Wiewohl nun viele Verständige ein Missfallen an solcher öffentlichen Landbetrügerei hatten, durfte doch niemand dawider reden; denn jeder fürchtete sich vor der römischen Donnerart."

Dieser Oberketzer, dieser Martin Luther, der abtrünnige Mönch, der gewiss einst in die Hölle eingehen wird, schrieb etwas später: „Die Ketzermeister, Prediger-Ordens, hatten allen Furcht eingejagt und mit Feuer gedroht; Tetzel selbst auch hatte etliche Priester, so wider seine freche Predigten gemuckt hatten, eingetrieben."

Martin Chemnitius sagte: „Man hat Tetzeln zum apostolischen Commissarius und Ketzermeister gemacht, damit er mit Schärfe wider diejenigen, die sich ihm widersetzen, verfahren könnte."

Mein Bruder durchzog nun fast ganz Deutschland. An vielen Orten gab es Klagen über ihn, von hochstehenden Menschen, die nicht begriffen, wie heilsam doch der Ablass war. Sogar ein Bischof, nämlich der von Meißen, beklagte sich über die Blindheit des Volkes, die Johann nachliefen, und sagte: „O blindes Volk!, welches sein Geld in einen solchen Kasten legt, dazu sie keinen Schlüssel haben!"

Kurfürst Friedrich der Weise von Sachsen, der selbst eine mehr als beachtliche Sammlung von über 19.000 Reliquien hat, sann auf Mittel,

Johann das Wasser abzugraben, denn er wollte selbst Geld verdienen, indem er seine Reliquiensammlung öffentlich machte und die Gläubigen dafür bezahlen ließ, diese Reliquien zu besichtigen. Johann ließ sich auch gar nicht beirren, immerhin hatte ihn der Erzbischof Albrecht von Mainz beauftragt, und der Papst selbst stand hinter Johann. Was wollte also dieser Kurfürst schon ausrichten?

Johann verfasste 1517 ein Werk mit dem Titel „Kurze Anweisung für die Priester zum Predigen, oder vielmehr zur Empfehlung des Ablasses". Einer der Mönche des Leipziger Dominikanerklosters gab mir eine dieser Druckschriften zur Kenntnis, worin Johann den Priestern zur Pflicht machte, ihren Gemeinden die Kraft des Ablasses auf alle nur erdenkliche Art anzupreisen. Und er predigte mit diesen Worten: „Hier ist jetzt die Kirche zu Petri. Gott und der heilige Petrus rufen Euch. Trachtet also, wie Ihr eine so hohe Gnade für Euer und der Eurigen Seelen Seligkeit erlangen mögt. Verzieht doch ja nicht! Die Murmler, die Verleumder, und die, welche auf irgendeine Art und Weise, mittelbar oder unmittelbar, öffentlich oder heimlich, dieses Werk verhindern, sind auf der Stelle von unserm allerheiligsten Herrn, dem Papste Leo, in den Bann getan, und stehen in Ungnade bei dem allmächtigen Gott und den seligen Aposteln,

Petrus und Paulus. Du sollst wissen, dass ein jeder, der gebeichtet und seine Sünden bereut, und das Almosen in den Kasten gelegt hat, vollkommene Vergebung aller seiner Sünden erlangen wird. Was steht Ihr also müßig? Lauft doch alle nach Eurer Seelen Seligkeit. Ihr könnt ja jetzt Ablassbriefe haben, durch deren Kraft Ihr im Leben und in der Todesstunde auch in nicht vorbehaltenen Fällen, so oft Ihr solches verlangen werdet, vollkommene Vergebung der Strafen, welche Ihr durch Eure Sünden verschuldet, erhaltet. O Ihr Menschen, die Ihr Gelübde getan, o Ihr Wucherer, o Ihr Räuber, o Ihr Totschläger, o Ihr Ruchlosen! Jetzt ist es Zeit, auf die Stimme des Herrn zu hören! Nehmt die Schutzbriefe von dem Statthalter unseres Herrn Jesu Christi, durch deren Hilfe Ihr Eure Seele aus den Händen der Feinde befreien und sie durch Vermittlung der Reue und Beichte, sicher und gut, ohne einige Strafe des Fegefeuers, in das Himmelreich werdet bringen können."

Von Zerbst aus ging er weiter nach Jüterbog, das zum Sprengel des Mainzer Erzbischofs gehörte, und Johann richtete sein rotes Ablasskreuz auf. Von nah und fern kamen die Gläubigen herbeigeeilt, sogar aus Wittenberg kam die Hälfte der Bewohner, weil Johann dort nicht predigen durfte. Kurfürst Friedrich der Weise wollte selbst Geld verdienen mit seinen Reliquien. In seinen flammenden Predigten beschrieb Johann farbenprächtig die Qualen der Hölle, die unendliche Pein im Feuer, die niemals enden sollten, wenn sie nicht einen Ablassbrief erwerben würden. Was für eine Gnade, seine Rettung so billig, nur für ein paar Münzen, erwerben zu können. Unsere katholische Kirche, die allein seligmachende Kirche, schenkt als einzige diese Gnade. Was haben wir doch für ein Glück, dass wir dieser Kirche angehören.

Warum nur begriffen so viele Menschen das nicht? Auf dem Gemüsemarkt hörte ich, wie zwei Weiber mit losem Mundwerk über Johann tratschten. Als ich hinzukam, meinte die eine frech zu mir: „Ihr könnte gerne zuhören, was man sich über Euren Bruder berichtet, liebe Frau."

Ich schnappte nach Luft. „Habt Ihr nichts Besseres zu tun, als über einen Ablassprediger, einen Dominikanermönch zu hetzen und böse Geschichten zu erzählen?"

Die eine antwortete schnippisch: „Ob es eine böse Geschichte oder die Wahrheit ist, kann er Euch ja bei Gelegenheit selbst berichten. Aber höret, was man mir erzählte: Eine Schustersfrau in Hagenau hatten für einen Goldgulden einen Ablassbrief gelöst, damit sie ihrer Seligkeit gewiss würde und nicht ins Fegefeuer, sondern sobald ihre Seele ausfahre, in den Himmel komme; denn das versprach der Ablassbrief aus völliger Gewalt des Statthalters Christi. Nicht lange danach wird die Frau tödlich krank, und als sie sich dem Tode nahe fühlte, ließ sie einen Mönch zu sich fordern, zeigte ihren Brief, beichtete, erlangte von ihm die Vergebung ihrer Sünden und starb. Ihr Mann, der es mit Unwillen gesehen, dass seine Frau einen Goldgulden für den Ablassbrief gegeben hatte, ließ sie zwar begraben, aber keine Seelenmessen für sie lesen. Dieses nimmt der Ortspfarrer übel auf und verklagt den Schuster bei dem Schöffer, als ob der Mann ein Verächter der Religion und gottlos gegen seine Frau wäre. Der Schöffer lässt den Schuster vorfordern. Dieser erscheint und nimmt den Ablassbrief mit. Der Schöffer fragt ihn: 'Ist deine Frau verstorben?' Der Schuster antwortet: 'Ja!' Der Schöffer fragt weiter: 'Was hast du mit ihr gemacht?' Der Witwer antwortet: 'Ich habe ihren Leichnam begraben und ihre Seele Gott befohlen.' Der Schöffer antwortet: 'Hast du nicht mehr getan? Hast du nicht Seelenmessen für ihre Erlösung lesen lassen?' Der Schuster sprach: 'Ich habe keine lesen lassen, weil ich dies nicht für nötig hielt, dass ihre Seele erst durch Seelenmessen aus dem Fegefeuer erlöset würde, weil ihre Seele alsobald bei ihrem Ausgange in den Himmel gekommen ist.' Der Schöffer fragt weiter: 'Ist sie in den Himmel gekommen? Woher weißt du dieses?' - 'Das weiß ich wohl,' sprach der Schuster, 'denn ich habe ein glaubwürdiges Zeugnis darüber.' Der Schöffern verlangte nun, dieses Zeugnis zu

sehen. Der Schuster holt also den Ablassbrief hervor und bittet ihn, zu lesen. Der Schöffer gibt diesen seinem Pfarrer zu lesen, der als Kläger gegenwärtig war. Der Pfarrer erschrickt, als er den Brief erblickt und wollte ihn nicht lesen. Der Schöffer nötigt ihn jedoch, dies zu tun. Als dies geschehen, schämten sich beide, der Schöffer und der Pfarrer, und durften auch nicht dawider mucken. Endlich spricht der Schuster: 'Urteilt nun selbst, ob ich ein glaubwürdiges Zeugnis habe, dass die Seele meiner Frau nicht in das Fegefeuer, sondern in den Himmel gekommen ist; dieses Zeugnis kostete meiner Frau einen Goldgulden. Warum spricht nun der Pfarrer, meine Frau habe erst noch Erlösung aus dem Fegefeuer durch Seelenmessen vonnöten? Wenn man dies mit Recht behauptet, so ist meine Frau vom Papste betrogen, ist sie aber nicht betrogen, so will mich der Pfaffe betrügen.' Da nun beide leider nichts erwidern konnten und die päpstliche Bulle billigen mussten, entließen sie den Schuster, ohne ihn weiter zu belästigen."
Nach dieser Erzählung schnalzte ich verächtlich mit der Zunge. „Tss, so ein dummer Pfarrer. Natürlich ist die Frau aus dem Fegefeuer befreit; es steht doch in dem Ablassbrief, und der Papst betrügt sicherlich nicht seine Gläubigen."
Ich drehte mich um und ging meines Weges. Ach, was ärgerte ich mich, dass Johann immer wieder das Opfer bösartiger Gerüchte wurde.

Natürlich kam auch Elisabeth, meine ungeliebte Nachbarin, wieder zu mir, um ihren schändlichen Geschichten über mich auszukippen. Mit trauriger Miene näherte sie sich mir, als ich gerade die Stube fegte. „Ach Johanna," rief sie aus, „es tut mir ja so leid. Sogar in deinem Unglück sorgst du noch für deine Familie und machst es deinem Eheherrn gemütlich. Ich dachte, du sitzest weinend herum und beklagst deinen Bruder."
Ich verdrehte die Augen. „Was hast du denn nun schon wieder über Johann gehört, sag." Elisabeth riss ihre Augen auf. „Hast du es noch nicht vernommen? O Gott, steh' mir bei, dassich diejenige sein muss, die dir die böse Nachricht überbringt. Na ja, lieber ich, als jemand, der es nicht so gut mit dir meint..."
Ich wehrte ihre Hand ab, die mich am Ärmel gepackt hatte. „Ja ja, ich weiß, du meinst es nur gut. Was willst du?"
„Ach, Johanna," lamentierte Elisabeth, „dein armer Bruder Johann, er ist – nun ja- er ist – tot..."
Vor Schreck ließ ich den Besen fallen. „Was?", schrie ich. „Nein, wieso? Das kann doch nicht sein..." Mir stürzten gleich die Tränen aus den Augen.
Elisabeth nahm mich wieder am Ärmel und führte mich zu einem Stuhle. „Du Arme", meinte sie in ihrer falschen Art, „lass mich

erzählen, welches Unglück über Deinen Bruder gekommen ist."

Ich starrte sie an, voller Entsetzen. „Nun sprich schon," fuhr ich sie an.

Und sie berichtete: „Dein lieber Bruder war im Brandenburgischen unterwegs. Er hatte dort guten Ablass verkauft, und die Leute waren zu ihm geströmt, haben viele viele Münzen in den Kasten geworfen und ihre Ablassbriefe erhalten. Als er nun weiterzog, traf er an einer einsamen Stelle einen Edelmann, den Ritter von Hagenau, einen Raubritter. Dieser hielt Johann an und begehrte einen Ablassbrief, für eine Sünde, die er noch zu begehen gedachte. Johann witterte wohl ein gutes Geschäft, denn der Raubritter plante wohl eine größere Sünde. 10 Taler wollte er bezahlen, doch Johann wehrte ab und meinte, das sei zu billig. 30 Taler sollte der Raubritter bezahlen. Das tat er, und Johann packte das Geld in seinen Ablasskasten und zog weiter. Nun dauerte es nicht lange, und der Ritter verfolgte Johann, überfiel und erschlug ihn mit Hilfe seiner Knechte. Die Klosterbrüder ließ er leben und erklärte ihnen, dass er vor jeglicher Strafe gefeit war, denn er habe ja schon den Ablassbrief für genau diese Sünde erworben. Ja, so hat es sich zugetragen. Es tut mir ja so furchtbar leid, liebe Johanna."

Ich hatte tränenüberströmt dieser Erzählung gelauscht. Mein geliebter Bruder, mein Johann – konnte das wahr sein? Konnte ein Ritter

derartig böse und hinterhältig sein? Ja, wenn
ich es mir recht überlegte... Die Welt war
schlecht. Abgrundtief schlecht, deswegen waren
Menschen wie mein Bruder ja so wichtig,
indem sie den Menschen ihre Sünden erließen
und ihnen den Weg in den Himmel ebneten.
Obwohl dieser Ritter das nicht verdient hatte.
In mir blieb trotzdem ein nagender Zweifel an
der Geschichte. Also riss ich mir die Schürze
vom Leib und rannte zu Johanns Kloster. Sein
Abt, oder sein Prior, mussten doch Bescheid
wissen, von ihnen wollte ich die Bestätigung.
Oder nein, ich wollte hören, dass diese
Geschichte erlogen war. Ach, ich war völlig
durcheinander und konnte kleinen klaren
Gedanken mehr fassen.
Als ich im Kloster ankam und heftig an die
Pforte klopfte, öffnete der Bruder Pförtner und
erkannte mich sogleich. „Kommt hinein," sagte
er, und führte mich sogleich zum Abt. Dieser
erhob sich, als ich eintrat. „Ihr habt die
Geschichte also gehört, wie ich sehe", sagte der
hohe Herr. „Ich hatte gehofft, die Geschichte
spräche sich nicht bis zu Euch herum."
„So ist es also wahr?", fragte ich zitternd, und
wieder strömten mir die Tränen über mein
Gesicht.
„Nein, nein, macht Euch keine Sorgen – Eurem
Bruder geht es gut", antwortete der Abt.
Ich konnte es gar nicht fassen. „Er lebt?",
vergewisserte ich mich.

„Ja, er lebt. Uns ist diese unsägliche Geschichte zu Ohren gekommen, und wir haben Nachforschungen angestellt. Es ist wahr, dass der Ritter Johann überfallen hat, aber er hat ihn nicht getötet, sondern nur verprügelt. Herzog Georg hat sich zuerst sehr darüber entrüstet, doch als ihm der Ritter den Ablassbrief vorlegte, konnte der Herzog nichts tun und musste ihn ziehen lassen. Seid also unbesorgt – außer ein paar blauen Flecken ist Johann nichts geschehen. Er ist wieder unterwegs und verkauft Ablass. Allerdings ist er frech und unverschämt, und er zieht unseren Ärger auf sich."

Ich wusste nicht, was ich denken sollte. Einerseits war ich dankbar und überglücklich, dass Johann lebte, aber mich erschütterte es, wie der Abt über seinen berühmtesten Mönch sprach, und wie undankbar er Johann war.

Der Tetzelstein. Hier soll sich die Geschichte
zugetragen haben

Tetzelstein

Wer war Johann Tetzel?

Der Dominikanermönch **Johann Tetzel** wurde um **1465** in Pirna **geboren** und ab **1504** als **Ablassprediger** in verschiedenen deutschen Ländern eingesetzt. **1517** ernannte ihn Erzbischof Albrecht II. von Mainz und Magdeburg zum **Subkommisar** für den Ablasshandel der **Kirchen-Provinz Magdeburg**. Entgegen der **Beichte** vor einem Priester konnte der "Sünder" die Strafe durch Kauf eines **Ablassbriefes** tilgen. Kirchenraub und Meineid wurden gegen 9 Dukaten und ein **Mord bereits für 8 Dukaten** vergeben. Die Hälfte der **Einnahmen** diente dem Bau

der Peterskirche in Rom, während die andere sich der **Erzbischof Albrecht II.** und der **Ablassprediger** teilten. Der **Bischof** benötigte die Einkünfte, um seine gegenüber den Fuggern aufgelaufenen **Schulden** abzuzahlen.

Martin Luther prangerte diesen seiner Meinung nach schändlichen Ablasshandel an, da dieser seine Vorstellung von einem sündigen Menschen, der sich wegen schlimmer Taten ein Leben der Demut unterwirft, geradezu verhöhnte. **Es war der Beginn der Reformation.**

Der Ablassbrief

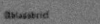

Ablassbrief

Mit der Parole, **"Sobald der Gülden im Becken klingt**

Die Sage vom Tetzelstein

Das "eingehauene" **Kreuz** am oberen Ende des links neben dieser Tafel stehenden **Tetzelsteins** weist darauf hin, dass er zur **Sühne für die Ermordung eines Menschen** errichtet worden sein könnte.

Laut einer **Sage** soll **1518** "unter diesem Stein ein Ablass-prediger begraben sein**. Dieser hatte sollen nach Königslutter reisen, ein Edelmann aber aus Küblingen (Anm.: Ortsteil von Schöppenstedt), der zuvor Ablass auf eine erst vornehmen wollende Mordtat von ihm gekauft, hatte ihn **daselbst erschossen und beraubt: So sagt man."** Mit diesen Worten beschrieb ein Pfarrer aus Sambleben im 18. Jahrhundert als Erster das grausige Geschehen.

Wilhelm Bode, 1825 bis 1848 Stadtdirektor von Braunschweig, wandelte später die Sage aufgrund der zu dieser Zeit geltenden humanitären Strömungen mildernd ab. Er nannte nunmehr **Ritter von Hagen** vom Hagenhof bei Königslutter als Täter, der den Ablassprediger **Johann Tetzel** nach vorherigem Kauf eines Ablassbriefes **nur gezüchtigt** und den geraubten Schatz, der in einem **aus Eichenholz** gefertigten **Kasten** verwahrt wurde, dem Volke zugeteilt habe.

Und so erhielt der Stein seinen Namen, den er wohl seit jener Zeit im Mittelalter trägt.

Tetzel ist am **11. August 1519** in Leipzig eines natürlichen Todes **verstorben**.

Stein und Denkmal

Wer war Johann

Der Dominikanerm
1465 in Pirna
Ablassprediger in
eingesetzt. **1517** e
von Mainz und Mag
Ablasshandel de
Entgegen der **Bei**
"Sünder" die Stra
tilgen. Kirchenrau
Dukaten und ei
vergeben. Die Ha
der Peterskirche i
Ablassprediger t
Fuggern aufgelau
Martin Luther pr
da dieser seine V
Taten ein Leben
Reformation.

Der Ablassbi

Mit der Parole, "
im huy die Se
Tetzel in de
Ablasshandel e
übersetzt ist je
das Geld im
Fegefeuer) i
Allgemeinheit g
Der nebenste
hinsichtlich d
entspricht abe
Anfang des

1845.

In dieser ietzt so viel bewegten Zeit,
Die wir mit iener wohl vergleichen mögen,
In welcher Luther lebte, lehrte, schuf, —
Wollt' ich der wohlbekannten kühnen That
Des Ritter Hagen, der dem Tezel hier
Den reich gefüllten Ablasskasten leerte,
Nachdem ihm Ablass ward, ein Denkmal
weih'n,
Wie es ein schlichter Stein nicht immer
kann.
Nur darum hielt ich den Gedanken fest,
Und schuf in dieser Waldes-Einsamkeit
Der That dies Denkmal, neben ienem Stein,
Der drei Jahrhunderte die Stelle wahrte,
Die gut gekannt im Volkesmunde blieb:
Denn iedes Kind zeigt gern dem
Wandersmann,
Wo Tezel um den Ablassschatz
gekommen.

Und nun begann das Unglück meines Bruders.
Ihm, dem die Menschen in Scharen
hinterherliefen, die ihn bejubelten, die ihn
liebten und die ihm stets an den Lippen hingen,
kam nun dieser unselige Martin Luther in den
Weg. Dieser Augustinermönch ereiferte sich in

unangemessener Weise gegen Johann und sagte, er wolle ein Loch in Johanns Pauke schlagen, so Gott wolle. Er verfasste neben einem Schreiben an den Erzbischof auch noch 95 Thesen (siehe Anhang), die sich gegen den Ablass richteten.

Es dauerte nicht lange, bis diese vermaledeiten Thesen in großen Menschen gedruckt waren und ganz Deutschland überfluteten. Ich hatte davon gehört; ganz unglaubliche Dinge schrieb Luther darin. Nur wenige Wochen später konnte ich mir ein solches Flugblatt kaufen; ich wollte mit eigenen Augen lesen, was für seltsame und aufrührerische Thesen dieser Augustinermönch verfasst hatte.

Zum Beispiel, dass der Papst keine Schuld erlassen könne; er könne nur erklären, dass Gott sie erlassen habe. Er schrieb, dass die Bischöfe wohl gerade schliefen, als das Unkraut von kirchlicher Bußstrafe, die in eine Fegfeuerstrafe umgewandelt werden muss, ausgesät wurde.

Luther glaubt sogar, dass die Ablassprediger irren, die sagen, dass Menschen durch Ablässe des Papstes von jeder Strafe gelöset und errettet sind. Was fiel diesem Mönche ein? Er war wohl betrunken, als er dies schrieb. Er nannte es sogar Betrug, wenn man dem Volke das Erlassen der Strafen versprach. Er nannte es eine Lüge, dass die Seele aus dem Feuer springt, sobald die Münze in den Kasten fällt. Ich wusste, dass viele

Ablassprediger diesen Spruch auf den Lippen trugen, aber Johann hatte mir versichert, dass er diesen abgenutzten Spruch nicht aufsagte. Es gäbe keine Gewissheit über die Wahrhaftigkeit seiner Reue, also auch nicht über das Gewinnen des vollkommenen Straferlasses. Das war ja lächerlich.

Luther glaubte gar, dass die Ablasshändler verdammt werden ob ihrer „Lügen", weil sie sagen, dass der Ablass ein unschätzbares Geschenk Gottes sei und der Mensch durch den Ablassbrief mit Gott versöhnt werde. Es sei unchristlich zu lehren, dass Reue nicht nötig sei, wenn man Ablass kaufe, sondern dass man Erlass von Strafe erlangen konnte, ohne einen Ablassbrief, wenn man seine Sünden aufrichtig bereute. Eine reuige Seele liebe die Strafe, die Ablasskäufer jedoch hassen sie und meinen, keine guten Werke mehr tun zu müssen.

Luther sagte, es sei besser, einem Armen Geld zu geben oder einem Bedürftigen zu leihen, als Ablass zu kaufen. Der Mensch werde nicht durch Ablass besser, sondern durch Werke der Liebe. Wer achtlos an einem Bedürftigen vorübergeht und sein Geld für Ablass gibt, erwirbt lediglich Gottes Verachtung. Das Geld, dass die Gläubigen hätten, sollten für das Notwendige ausgegeben werden, der Betrag, der darüber hinausginge, sollte lieber gespart werden als es für Ablass zu vergeuden.

Tsss - vergeuden! Wie konnte dieses Geld

vergeudet sein? Dieses trunkene Mönchlein wusste wohl nicht, was er sagte. Er behauptete weiterhin, der wahre Schatz der Kirche sei das heilige Evangelium, da es von der Herrlichkeit und der Gnade Gottes handele. Aber wer von den Gläubigen kann schon die Bibel lesen? Nur die gelehrte Oberschicht kann überhaupt lesen, aber die meisten nur deutsch. Die Bibel ist auf Latein verfasst, wer außer den Klerikern und den Studierten versteht dies? Der normale Gläubige versteht ja noch nicht einmal, was der Priester in der Messe sagt. Kein Mensch liest die Bibel. Uns werden Geschichten von Heiligen erzählt, an denen wir uns ein Beispiel nehmen sollen; die Heiligen beflügeln uns zu besserem Verhalten und lassen in uns die Liebe zu Gott wachsen. Natürlich lernen wir alle die Zehn Gebote, man lehrt uns, wie sich ein wahrer Christ zu verhalten habe, aber die Bibel lesen wir nicht. Vielleicht ein paar wenige Mönche und Nonnen, aber nicht der normale Mensch auf der Gasse.

Dieser unverschämte Luther meinte gar, derjenige soll gesegnet sein, der seine Aufmerksamkeit auf die Willkür und Frechheit in den Worten eines Ablasspredigers richtet. Ich fuhr empört auf. Wie konnte Luther etwas so Furchtbares sagen? Mein Bruder Johann war um die Seelen der Gläubigen besorgt, er tat alles, um sie in seinen Predigten von der Notwendigkeit des Ablasses zu überzeugen. Und nun sollte jeder gesegnet sein, der ihn als frech und willkürlich ansah? Ich war fassungslos. Luther schrieb sogar gegen einen Vorwurf, den man meinem Bruder machte, der aber völlig unbegründet war. Johann sollte gesagt haben, dass er sogar den Mann von seinen Sünden befreien könne, der die Mutter Gottes selbst vergewaltigt hätte. Dieses Gerücht von Johanns Ausspruch hatte schnell die Runde gemacht, aber Johann hatte mir geschrieben, dass dies nur Verleumdung war. Er und seine Klosterbrüder, die ihn begleiteten, bestätigten, dass Johann dies nie gesagt hatte, und ich glaubte ihm. Meine Nachbarin, dieses törichte Weib, hatte gar nicht schnell genug zu mir kommen können, um mir von diesem Vorwurf berichten zu können, und ich war ausgesprochen froh, als ich ihr nach einigen Tagen den Brief von Johann unter die Nase halten konnte, indem er seine Unschuld beteuerte. Ob diese dumme Person den Brief überhaupt lesen konnte, wusste ich nicht; nach einem kurzen Blick auf den Brief schnalzte sie nur schnippisch mit der Zunge und verließ unser Haus.

Aber weiter mit diesen unsäglichen Thesen dieses Luther. Er wandte sich direkt gegen den Papst und schrieb: Warum räumt der Papst das Fegfeuer nicht aus um der heiligsten Liebe willen und wegen der höchsten Not der Seelen als dem berechtigsten Grund von allen, wenn er doch unzählige Seelen loskauft wegen des unseligen Geldes zum Bau der Basilika als dem läppischsten Grund. Luther fragte, warum der Papst, der über mehr Reichtum verfüge als die reichsten Reichen, seine Basilika nicht von seinem eigenen Geld, sondern von dem der armen Gläubigen? Ich war völlig konsterniert von all diesen Vorwürfen dieses Luther. Leider hatte er schnell viele Anhänger; vermutlich diejenigen, die zu geizig waren, um ihr Geld für den Ablass zu geben, oder von denjenigen, denen es am rechten Glauben mangelte.

Johannes Tetzel von Leipzig
SS. Theol. Doctor und Professor, ein Bruder
des Dominicaner-Ordens, Ketzer-Meister und
Päbstlicher Gnadenprediger oder Ablas-Cramer.

Johann konnte nun in dieser Gegend seine
heilbringende Ware nicht mehr verkaufen. So
zog er nun nach Freiberg, aber Luthers Thesen
hatten auch dort schon ihre Runde gemacht.
Nicht nur, dass die Menschen dort nichts
kauften; nein, sie verlachten Johann und

drohten ihm sogar, ihm die Ablasspfennige abzunehmen. Was blieb meinem Bruder anderes übrig, als weiterzugehen. Er wanderte nach Naumburg, ins Kurbrandenburgische und nach Frankfurt an der Oder, wo er gegen Luther schrieb (siehe Anhang).

Zu meiner großen Freude kam er auch wieder nach Leipzig. Natürlich besuchte ich seine Predigten und hörte seine Rede: „Jetzt steht euch der Himmel überall offen; wenn du jetzt nicht hineingehst, so wirst du niemals hineinkommen, o ihr unempfindlichen und verhärteten Herzen, Menschen, die den wilden Tieren gleichen, die solche mitgeteilte reiche Gnade gar nicht genießen wollen. Sehet doch, wie viele Seelen ihr retten könnet, o ihr harten und nachlässigen Menschen! Du kannst deinen Vater mit 12 Groschen auf dem Fegefeuer ziehen, und du bist so undankbar und willst deinen Vater in so großer Pein, die er leiden muss, nicht zu Hilfe kommen? Ich will am jüngsten Tage und Gerichte entschuldigt sein, ihr aber möget zusehen, wie ihr auskommt. Ich sage dir, wenn du auch nur einen einzigen Rock hättest, du solltest denselbigen doch ausziehen und darum geben, dass du solche Gnade erhieltest.“

Ein paar ungezogene und ungläubige Menschen erhoben nun ihre Stimmen und schimpften auf Johann, aber Johanns Klosterbrüder donnerten sogleich los und sorgten dafür, dass diese aufrührerischen Seelen stille wurden. Johann sprach weiter: „Ich war an einem Orte, an dem gleich 5000 Seelen aus dem Fegefeuer erlöset wurden; nur drei Seelen waren verdammt, weil die Käufer den Preis hinabhandeln wollten. Seid klüger. Legt ein, legt ein!"

Johanns Klosterbrüder gingen nun selbst in demütiger Haltung zu dem Ablasskasten und warfen Münzen hinein. Wer es ihnen gleich tat, denen begegneten sie freundlich; doch die störrischen Seelen, die an dem Ablasskasten vorübergingen, bedachten sie mit unfreundlichen Blicken. Ein paar Arme blieben unsicher stehen, sie wollten gerne ihre Seelen retten und Ablass erwerben, hatten jedoch kein Geld. Die guten Klosterbrüder gaben ihnen den Ablass umsonst, ermahnten sie jedoch, das Geld zusammenzubetteln und es zu bringen, sobald sie es hätten. Ich stand daneben und betrachtete die Gläubigen, wie sie dankbar ihre Ablassbriefe entgegennahmen und lasen. Am Tischende war die Buß-Tax-Ordnung, also die Preisliste ausgelegt:

Bigamie - 6 Dukaten
Totschlag - 7 Dukaten
Vater-, Mutter-, Bruder- oder Schwestermord -
1 Dukaten
Hexerei und Zauberei - 2 Dukaten
Kirchenraub, Diebstahl, Straßenraub und
Meineid - 9 Dukaten

Geschlechtlicher Verkehr mit Vieh - 12 Dukaten

Je nach Geldkatze des Sünders konnten die Preise natürlich nach oben oder unten korrigiert werden. Was für eine Gnade, von solch unaussprechlichen Sünden freigesprochen werden zu können. Was wog schon Geld gegen die Verdammnis? Alles, wirklich alles musste geopfert werden, um mit Gott ins Reine zu kommen und sich den Weg in den Himmel zu ebnen. Es verwunderte mich nicht, dass man die Ablasshändler auch Gnadenprediger und die Ablassbriefe auch Gnadenbriefe nannte. Wie leicht sagte es sich: „Gott sei mir armen Sünder gnädig!", aber so viel Geld zu geben, wog doch viel schwerer und bewies ein bußfertiges Herz, oder?

Es tat mir weh, dass es immer wieder Menschen gab, die gegen meinen Bruder schrieben. In der Meißener Berg- und Landchronik hieß es später: „Wenn die Gnade von Rom kommt, so zieh den Säckel zu. Gnade aber nannten sie den Ablass, der von Rom gebracht wurde. Wenn des Papstes Boten kamen, mit ihren breiten Hüten und großen Knöpfen, denen man mit allen Sakramenten entgegenzOg und die unter Glockengeläut eingeholt wurden; so brachten sie einen großen Haufen Ablassbriefe mit, den einen um einen Batzen, den anderen um einen

Schlangen Böhmisch, einen dritten um einen Gulden und noch andere um mehrere Gulden, je nachdem dem einen mehr, dem anderen weniger Sünden vergeben oder Freiheiten zugeteilt wurden." Manche Leut warnten einander: „Kommt die Gnad' und Ablass nach Haus, so schließ den Beutel und lass' nichts hinaus!" So ein dummes Gewäsch.

Mein Bruder indes ließ sich von Luther nicht erschüttern. Er blieb seiner Lebensaufgabe treu und verwunderte sich anfangs nur über dessen ketzerischen Ideen. Er versuchte weiterhin, seinen Ablass zu verkaufen, aber ich weiß, wie sehr es ihn schmerzte, wenn er gewahr wurde, was über ihn gesagt und geschrieben wurde. So schrieb ein Schriftsteller: „Tetzel war leutselig, friedlich, von geschmeidigen Sitten, überdem von ansehnlicher Gestalt; er hatte eine durchdringende Sprache und einen scharfsinnigen Kopf, wiewohl er seinen Verstand mehr zum Bösen als zum Guten anwendete. Bei seinem Ablassverkaufe vergaß er sich nie."
Was soll man dazu sagen? Natürlich durfte er sich und seine Klosterbrüder nicht vergessen. Sie hatten doch Ausgaben; die Wagen mussten instand gehalten werden, obgleich mein Gemahl ihm die Wagen stets um Gotteslohn reparierte, aber Johann war ja in ganz Deutschland unterwegs. Sie mussten Essen

kaufen und die Herbergen bezahlen, ihre Gewänder mussten mindestens alle paar Wochen einmal gereinigt werden, sie mussten ins Badehaus – wie sollten sie diese Ausgaben wohl bestreiten, wenn nicht durch einen Teil des Ablassgeldes? Sie setzten immerhin ihr ganzes Leben für das Seelenheil der Menschen ein, da sei ihnen dieses Geld doch wohl gegönnt. Möge Gott diese Neider bestrafen.

Ein anderer Mann namens Moller schrieb: „Tetzel war ein scharfsichtiger und durchtriebener Kopf, ein Meister in seiner Kunst, gleich keck als glücklich im Berrücken und Betrügen, listig wie behend; er hatte ein unverschämtes Maul, dass wohl der Erzbischof zu Mainz keinen besseren Ablasshändler hätte finden können als ihn; doch muss man ihm lassen, dass er seines Amtes fleißig gewartet hat, ob er gleich dabei auch seinen Beutel mit bedachte."

Und Luther bezog sich auf die Heilige Schrift und predigte, „dass nicht der päpstliche Ablass Vergebung der Sünden bewirken, sondern allein wahre Reue und Bekehrung diese gewähren könne."

Luther lehrte: „Da unser Herr und Meister Jesus Christus spricht: 'Tut Buße!', will Er, dass das ganze Leben der Gläubigen eine Buße sei. Jedoch will Er nicht die innere Buße alleine verstanden haben; ja, die innere ist keine, wenn sie nicht äußerlich gänzliche Tötung des

Fleisches bewirkt. Der Papst will noch kann keine Strafen erlassen, außer denen, welche er oder die Kirchengesetze aufgelegt haben. Er erklärt und bestätigt nur die von die Gott vergebene Schuld, oder erlässt die Schuld in den Fällen, welche er sich vorbehalten hat. Daher irren die Ablasscommissarien, welche sagen, dass durch des Papstes Ablass der Mensch von aller Schuld befreit und erlöst werde. Der Papst erlässt den Seelen im Fegefeuer keine Strafe, welche sie in diesem Leben, nach den Kirchengesetzen, hätten erleiden sollen. Er tut sehr wohl daran, dass er nicht aus Gewalt des Schlüssels, welcher er nicht hat, sondern fürbittweise den Seelen Vergebung schenkt. Diejenigen predigen Menschensatzungen, welche behaupten, die Seele fliege sogleich aus dem Fegefeuer, so bald das Geld im Kasten klinge. Das ist gewiss, dass sobald das Geld im Kasten klingt, der Gewinn und die Habsucht zunehmen könne; die Fürbitte der Kirche aber steht allein in Gottes Willen. Die durch Ablassbriefe sich ihrer Seligkeit versichert halten, werden mit ihren Lehrern ewig verdammt werden, wenn auch der Commissar, ja der Papst selbst, seine Seele für sie verpfändete. Vor denen muss man sich wohl hüten, welche sagen, des Papstes Ablass sei jenes unschätzbare Geschenk Gottes, wodurch der Mensch mit Gott versöhnt werde. Die lehren unchristlich, welche vorgeben, dass diejenigen, welche Seelen- oder Beichtbriefe lösen wollen, keiner Reue bedürfen. Jeder Christ, der wahre Reue fühlt, erlangt auch ohne Ablassbriefe vollkommene Vergebung der Strafe und Schuld, und hat Teil an allen Gütern Christi und der Kirche, aus Gottes Gnade. Vorsichtig muss man den apostolischen Ablass predigen, damit das Volk nicht glaube, er werde den übrigen guten Werken der Liebe vorgezogen. Wer den Armen gibt oder dem Bedürftigen leiht, tut besser, als wenn er Ablass kauft. Denn durch das Werk der Liebe wächst die Liebe, und der Mensch bessert sich, aber durch den Ablass wird er nicht besser, sondern nur freier von der Strafe. Wer einen Bedürftigen sieht, und mit Übergehung desselben den Ablass kauft, erwirbt sich nicht des Papstes Ablass, sondern Gottes Ungnade. Wer nicht überflüssig reich ist, muss das Notdürftige für sein Haus behalten, und keineswegs für Ablass verschwenden. Das Ablasslösen ist willkürlich und nicht geboten. Des Papstes Ablass nicht nützlich, sofern man sein Vertrauen nicht darauf setzt, aber sehr schädlich, wenn man dadurch die Gottesfurcht verliert. Wenn der Papst die Erpressungen der Ablassprediger wüsste, würde er lieber die Peterskirche zu Pulver verbrennen, als sie von Haut, Fleisch und Bein seiner Schafe erbauen. Das sind Feinde Christi und des Papstes, welche, der Ablasspredigt wegen, das Wort Gottes in anderen Kirchen zu predigen gänzlich verbieten. Der wahre Schatz der Kirche ist das heiligste Evangelium von der Herrlichkeit und Gnade Gottes. Dieser Schatz ist billig der verhassteste, weil er aus den Ersten die Letzten mache. Aber der Ablassschatz ist, wie billig, der angenehmste, weil er aus den Letzten die Ersten macht. Er ist ein Netz, womit man jetzt den Reichtum der Menschen fischt. Der Ablass, welchen die Prediger für die größte Gnade ausriefen, ist es nur, insofern er Gewinn bringt. Die Bischöfe und Seelsorger sind schuldig, die apostolischen Ablasscommissarien mit aller Ehrerbietung zuzulassen. Man muss aber die strengste Aufsicht führen, dass letztere nicht, anstatt des päpstlichen Befehls, ihre Träume predigen. Wer gegen des Ablasspredigers mutwillige und freche Worte Sorge trägt, der ist gelobt. Den päpstlichen Ablass so hoch halten, dass er selbst den entsündigen könne, welcher, wäre es denn möglich, die Mutter Gottes geschändet habe, ist Raserei. Sagen, dass Petrus, wenn er jetzt Papst wäre, nicht größeren Ablass erteilen könne, ist Lästerung Petri und des Papstes. Vorgeben, das aufgerichtete Kreuz mit dem päpstlichen Wappen vermöge so viel als das Kreuz Christi, ist Gotteslästerung. Da der Papst die Seligkeit der Seelen mehr durch Ablass als durch Geld sucht, warum hebt er denn die Briefe und Ablässe auf, welche er bereits vormals gegeben hat, da sie doch ebenso kräftig sind? Wenn der Ablass nach des Papstes Geiste und Meinung gepredigt würde, wären die Einwendungen der Laien leicht zu beseitigen, ja sie fänden nicht statt.

Nun, diese Neider und bösartigen Menschen waren nicht die ersten, die gegen den Ablass schrieben. Schon Jan Hus aus Böhmen, den man vor hundert Jahren in Konstanz wegen Ketzerei verbrannte, hatte geschrieben: „Der Ablass vom Papst oder einem Bischofe nützt keinem Menschen, da ja der Papst selbst nicht weiß, wen Gott beseligen will, und viele Päpste und Bischöfe selbst der Verdammnis anheimgefallen sind, obschon sie reichen Ablass verliehen hatten."

Ein Johann Messel erklärte, dass man den Ablass für nichts weiter halten müsse als für einen frommen Betrug und bequemes Mittel, das Volk zu berücken und durch einen scheinbar pflichtgemäßen Irrtum zur Frömmigkeit oder vielmehr zur Heuchelei zu bringen, obschon der Ablass, oder die Sündenvergebung, wie sie der Papst, oder ein Bischof oder ein anderer Priester erteile, in keiner Schriftstelle als von Gott befohlen, noch in irgend einem Kanon zur Vorschrift gemacht sei.

Johann war neben seinen Ablassgeschäften nicht untätig geblieben und hatte 106 Gegenthesen (siehe Anhang) verfasst. Ich war überzeugt davon, dass diese Thesen genauso schnell Deutschland durchlaufen würde, wurde aber bitter enttäuscht. Kaum ein Mensch wollte

etwas davon wissen, sie verlachten meinen
Bruder allenfalls. Dabei hatte er sich dabei an
die Instruktionen an die Priester, an Streitsätze
und Predigten gehalten, weiterhin natürlich an
die Lehr- und Grundsätze der Kirche. Daher
konnte es nicht falsch sein, was er schrieb.
Warum nur verstanden ihn die Menschen
nicht? Er werde für jede Sünde, gegen welches
Gebot der Sünder auch verstoßen hatte,
Absolution erteilen. Diese Gnade schöpften die
Ablassprediger aus dem Schatz der Kirche, die
Jesus Christus höchstselbst, seine Mutter Maria
und alle Heiligen erworben hatten. Sie hatten so
viel getan und gelitten, als sie zu ihrer eigenen
Genugtuung bedurft hatten; dieser Überschuss
sollte nur den Sündern zuteil werden.
Als Johann so schwerkrank danieder lag, haben
wir viel über diese Zeit gesprochen; über all die
Vorwürfe, die man ihm gemacht hatte. Johann
erklärte mir, dass man aus diesem Schatz der
Kirche heraus sogar Sünden vergeben werden
konnte, die der Mensch erst zu tun gedachte.
Daher benötige man weder Not, Reue noch
Leid, auch nicht Buße, nur durch den Ablass
werde der Mensch aller Schuld und Sünde
ledig. Hierin habe der Papst mehr Macht als alle
Apostel, alle Engel, alle Heiligen und der
Gottesmutter Maria zusammen, denn sie alle
unterstehen Jesus Christus; der Papst jedoch ist
Jesus Christus gleich. Bei Jesu Himmelfahrt habe
Er seinem Stellvertreter auf Erden alle Macht

übertragen.

Johann gab mehrere Schriften zu seiner
Verteidigung heraus, er wünschte sich nichts
sehnlicher, als dass die Menschen seine
Botschaft verstünden. Er erklärte, dass der
Ablass nicht nur von den auferlegten
Kirchenstrafen, sondern auch von den
göttlichen Strafen befreie. Der Ablass hemme
nicht die guten Werke, sondern befördere sie
sogar.

Luther schrieb eifrig dagegen an, und er fand
mehr Leser als Johann. Weder Johanns 106,
noch seine 50 Thesen fanden eine breite
Leserschaft. Man unterstellte sogar, dass
Johanns Lehrer Conrad Wimpina die 106
Thesen verfasst hatte, war aber nicht wahr war.
Martin Luther hatte Johann einen Dummkopf
genannt, daher zogen viele Menschen den
Schluss, dass Johann minder intelligent sei,
obwohl er unzählige Male das Gegenteil
bewiesen hatte.

Der kurfürstlich-sächsische Historiker Tentzel
schrieb später: „Die Tetzel'schen Lehrsätze sind
sehr grob und liederlich. Es wird darin der Tand
des Ablasses aufs heftigste verantwortet. Des
Papstes Macht und Instabilität in
Glaubenssachen wird aufs höchste
herausgestrichen und ausdrücklich gesagt: die
Kirche habe viele allgemeine katholische oder
Glaubensartikel, welche weder in der Bibel

stehen noch von alten Lehrern so gesetzt worden, und gelte alles, was der apostolische Stuhl geordnet und erörtert. Die von Luther berührte freche Rede Tetzels von dem Ablass der Sünden, an der Mutter Gottes begangen, verteidigte er auch öffentlich, nicht zweifelnd, weil die Sünden an Christo begangen, vergeben würden, dass auch dergleichen geschehen, wenn wider die Mutter Gottes misshandelt würde, davon wäre aber die Frage nicht, sondern Dr. Luther focht nur die unverschämte, unbesonnene Aufschneiderei an, dass man solche schrecklichen Fälle vorbringe. Im Übrigen forderte Tetzel als Ketzermeister von allen, welche denen, die der päpstlichen Autorität mit ihren Meinungen zu nahe träten, anhingen, binnen Jahresfrist, bei Strafe des Bannes, gehörige Verantwortung, und drohet ihnen schreckliche Strafen mit den Worten der Schrift: Ein jegliches Tier, so den Berg anrühret, soll gesteiniget werden. Das soll heißen: Wer des Papstes Ordnung und Lehre angreife, soll das Leben verlieren.

Der Doktor Karlstadt, der sich später keinen guten Namen machte, indem er sich erdreistete, sämtliche Bilder und Kunstgegenstände aus den Kirchen zu holen und zu zerstören, weil er nicht wollte, dass die Gläubigen sie anbetete, und der die Studenten aus den Universitäten holte, damit sie vom Werke ihrer Hände lebten und nicht von der Studiererei, schrieb gleich

405 Thesen gegen den Ablass und verfasste dazu einen Brief an den kurfürstlichen Sekretär Georg Spalatin mit den Worten: „Ich habe ein wenig gegen Tetzels Lehrsätze gestochert, wenn das so fortgehet, wird es wohl zu einem literarischen Streit und Wettkampf kommen." Nun, es kam zu weitaus mehr.

Mein armer Bruder litt unter all diesen Angriffen, er verstand die Welt nicht mehr. Alles, was er in seinem Leben an großartigen Dingen getan hatte, sollte nun falsch und gegen Gott gerichtet gewesen sein? Das konnte ja nicht angehen.

Luther hatte schon, als Johann in Jüterbog seine großen Erfolge feierte und die Menschen von nah und fern zu ihm eilten, gewarnt: „Es wäre besser, armen Leuten einen Ablass zu geben nach Christi Befehl, denn solche ungewisse Gnade um Geld kaufen. Wer Buße tue sein Leben lang und bekehre sich zu Gott von ganzem Herzen, der bekomme die gnädige und himmlische Gnade der Vergebung der Sünden, die uns der Herr Christus durch sein einig Opfer und Blut erworben, und ohne Geld aus lauter Gnade ausbiete und umsonst verkaufe, wie auch klar stehe in Jesaja 55, Vers 1 und 2."

Die Menschen waren nun aber nicht nur entweder für oder gegen meinen Bruder. Viele waren verunsichert durch die sich widersprechenden Lehren, und sie eilten mit

ihren Ablassbriefen zu diesem Dr. Luther und beichteten. Luther sollte ihnen die Absolution erteilen, da sie ja aufgrund der Ablassbriefe ein Recht darauf hätten, in ihren Sünden fortzufahren, aber Luther verweigerte es ihnen. Er sagte: „Wenn ihr nicht Buße tut, werden ihr also alle umkommen!"
Die Leute gingen daraufhin zurück zu Johann und beklagten sich über Luther. Johann entfachte daraufhin mehrere Male ein Feuer auf dem Markte, um zu zeigen, wie dieser ketzerische Luther bis in alle Ewigkeit in der Hölle brennen würde, und mit ihm alle, die sich dem Papst und den Ablass widersetzten. Er erinnerte an den berühmten Savonarola, der Scheiterhaufen mit den Spangen und den Luxusartikeln der Florentiner errichtete und Armut predigte.

Zu meiner Freude hielt Jacob Hoogstraten, Professor der Theologie und Prior des Dominikanerordens zu Köln zu meinem Bruder. Er verfasste eine Schrift, in der er den Tod Luthers verlangte; nicht verwunderlich, dass Luther um so ärger schrieb und seine Auffassungen verteidigte.
Es gingen viele Schreiben hin und her; Luther, den man auch den „Sohn des Verderbens" nannte, hetzte immer wieder gegen meinen Bruder und schrieb viele hohe Herren an, die ihm entweder nicht antworteten oder

schrieben, man könne gegen die Geschäfte des Papstes nichts unternehmen. Ich kann nicht alles aufzählen, was geschrieben würde, es wäre zu viel, um es hier zu berichten. Es ist auch zu viel, was alles gegen meinen armen Johann geschrieben wurde; man unterstellte ihm die allerbösesten Absichten.

Nur noch ein Beispiel von diesen gnadenlosen Schriften. Florimindus Remundus schrieb: „Siehe nur, christlicher Leser, wie diese Bullenkrämer oder Schelme, wie ich sie nennen möchte, das Christenvolk hintergehen. Sie laufen über Berg und Tal und berauben den armen gemeinen Mann seiner Habe und Güter. Damit sie die Leute auf eine desto bessere und leichtere Art schinden können, überlegen sie alles gemeinschaftlich mit den Pfarrern, sagend: 'Herr Pfarrer, wir bringen vollkommenen Ablass. Wenn nur auf euren Befehl das Volk herbeikommt und die Umgänge geschehen sind, so wollen wir euch den dritten Teil von dem geben, was wir gesammelt haben, und miteinander von dieser armen Leute Vermögen in aller Fröhlichkeit zu zechen.' Da geht dieser Pfarrer, welcher sich Kebsweiber (Geliebte) hält, dabei ungelehrt, ein Mietling und kein guter Hirte ist, den Vertrag mit diesen Bullenträgern ein, damit er seinen Bauch füllen und seine Mätresse unterhalten möge. Wenn sie nun Geld mir Recht oder mit Unrecht gesammelt haben, schmausen, tanzen und tun sich gütlich. Indessen lachen sie über die Einfalt derer, welche keine Bedenken tragen, ihr Geld zu verschwenden, in der Einbildung, Ablass ihrer Sünden zu erlangen oder die Gefangenen zu erlösen. Ach, Du gütiger Gott! Wer könnte doch erzählen alle die Schandtaten, welche unter dem Scheine und Deckmantel des Ablasses von diesen unehrlichen ruhmsüchtigen Menschen begangen werden? Einige sind so töricht, ohne alle Scham zu behaupten: Wohlan, lasst uns wohlleben und den Wollüsten nachhangen; eine Bulle, welche um so schlechtes Geld erkauft wird, wird alle unsere Missetaten, wie groß und schwer sie auch sind, austilgen."

Ist es verwunderlich, dass Johann nach all dieser bösen Schreiberei und all den Schriften Luthers gegen den Ablass und gegen den Papst, zornig wurde, gegen Luther tobte und lästerte und ihn als Ketzer verdammte? Immerhin war er als Ketzermeister dafür verantwortlich, dass Ketzer und Hexen ausgetilgt wurden, damit sie keinen Schaden anrichteten unter dem Volke. Und er entzündete wiederum ein Feuer auf dem Marktplatz und verbrannte öffentlich Luthers Predigt, seine Thesen und seine Flugblätter, mit denen er das Volk verdarb. Ob er daran dachte, wie gerne er den Verfasser zusammen mit seinen Schriften verbrannt hätte? Wahrscheinlich. Und endlich hatte Johann

Unterstützung: Dr. Johann Eck, ein Professor und Provinzial in Ingolstadt; Sylvester Prierias, Dominikaner und Jacob Hochstrat, ebenfalls Dominikaner. Natürlich ließ Luther diese Schriften nicht unbeachtet und nicht unbeantwortet, und Luthers Freunde ließen die Schriften Johanns und seiner Unterstützer verbrennen.

Johann reiste nun zum Erzbischof von Mainz und Magdeburg und von dort weiter nach Frankfurt an der Oder, wo ihm mit großen Feierlichkeiten die Doktorwürde verliehen wurde, nachdem er über seine Lehrsätze disputiert hatte. Auch hier gab es wieder Neider, die wider ihn stritten und schrieben; ich mag es schon nicht mehr beschreiben. Johann befürchtete, und mit ihm viele Kleriker, dass Luther die Kirche spalten würde. Davor behüte uns Gott. Die Christenheit musste sich einig sein, um in der Welt bestehen zu können. Auch Papst Leo X. befürchtete eine Spaltung, und so sandte er Carl von Miltitz aus Meißen, Domherr zu Mainz, Trier und Meißen, päpstlicher Kammerherr und Nuntius, nach Deutschland, um herauszufinden, wie genau der Streit zwischen Tetzel und Luther verlief. Johann, der inzwischen wieder in seinem Leipziger Kloster weilte, mochte seine Zelle nicht mehr verlassen. Überall auf den Gassen schlug ihm Hass und Wut entgegen; wollte man den erregten Menschen Glauben schenken, war Johann schuld an allem Übel in der Welt. Kein Wunder, dass er befürchtete, niedergeschlagen oder gar ermordet zu werden. Die ganze Welt schien sich gegen meinen Bruder verschworen zu haben.

Johann setzte ein Schreiben auf, um von Miltitz umfassend zu informieren. Er schrieb äußerst höflich und demütig, wie es sich für einen Mönch geziemt: „Gnädiger Herr! Euer Hochwürden gebieten mir, nach Altenburg zu kommen, um etwas Außerordentliches von Ihnen zu hören. Nun sollte es mir wohl angenehm sein, Eure Hochwürden zu willfahren, wenn ich mich nur ohne meines Lebens Nachteil aus Leipzig begeben dürfte. Denn der Augustiner Martin Luther hat die Mächtigen nicht allein fast in allen deutschen Landen, sondern auch in den Königreichen Böhmen, Ungarn und Polen so wider mich erregt und in Bewegung gesetzt, dass ich nirgends sicher bin. Genannter Martin Luther hat auch in seiner letzten Verhandlung zu Augsburg und in der Appellation mich verleumdet und in den Ruf gebracht, als sollte ich Ketzerei und Gotteslästerung gepredigt haben. Nun habe ich vorlängst meine Predigt Seiner Päpstlichen Heiligkeit zur Einsicht übergeben, mich auch wegen der Lästerung der Heiligen Jungfrau, welcher er mir beigemessen, im vergangenen Jahre mündlich und schriftlich

entschuldigt. Aber ungeachtet dieser meiner
Entschuldigung misst mir gedachter Martin,
abermals unverschämter Weise, zu, als sollte
ich Ketzerei und Gotteslästerung gepredigt
haben, um aller Menschen Gemüter wider mich
aufzubringen und mir widerwärtig zu machen,
von welchen einige, wenn ich zuweilen von der
Kanzel steige, mir mit Augenwinken drohen. So
bin ich auch von vielen tapferen und
glaubwürdigen Leuten gewarnt worden, ich soll
mich auf das Allerfleißigste vorsehen. Denn mir
haben viele von Martins Anhange den Tod
geschworen. Deshalb kann ich zu Euer
Hochwürden, die ich lieber als einen Engel
sehen wollte, auf meines Lebens Gefahr nicht
kommen. Darum wolle mich Euer Hochwürden
um Gottes Willen und wegen meiner sehr
großen Furcht, entschuldigt halten. Denn ich
habe bisher den heiligen päpstlichen Stuhl
allezeit geliebt, und will ihn, so lange ich lebe,
dienen. Dessen Freiheiten zu verteidigen und zu
beschirmen, habe ich seit vielen Jahren und
besonders jetzt, da Martin auf seinem Vorhaben
besteht, unzählige Gefahren des Lebens, des
guten Namens und des Besitztumes von dem
gemeinen Volke, von der Geistlichkeit und von
anderen erduldet. Aber dies hintan gesetzt; ich
will die Ehre des päpstlichen Stuhles bis an
mein Ende wider alle seine Widerwärtigkeiten
unermüdet verfechten. Daher gebiete mir Euer
Hochwürden, was ich tun soll: Ich will Ihrem

Befehle nachleben, wenn ich es nur ohne
meines Lebens Gefahr zu tun vermag."
So sehr hatte dieser Luther also gegen meinen
Bruder gehetzt und gelästert, dass er sein
Kloster nicht mehr verlassen mochte, weil er
um sein Leben bangte.

Miltitz befahl Luther nach Altenburg, um ihn
anzuhören. Luther war bereits von Kardinal
Cajetan in Augsburg verhört haben, war aber
störrisch und unbelehrbar geblieben. Miltitz
reiste nun nach Leipzig und ließ Johann
zweimal zu sich kommen. Wie Johann mir
erzählte, war Miltitz sehr streng zu ihm,
verwarnte ihn und nannte ihn einen Ruhestörer
und Unruhestifter. Er sollte den Ablass von nun
an behutsam und bescheiden verkündigen,
sonst würde er beim Papst in Ungnade fallen
und aus seinem Kloster ausgeschlossen werden.
90 Gulden stünden ihm monatlich für sich
selbst, für drei Pferde und den Knecht, Wagen
zu, nicht mehr. Johann brauchte jedoch, wie die
Vergangenheit gezeigt hatte, weitaus mehr.

Nun, wo Johanns Ruhm bröckelte, kamen
immer mehr böse Geschichte über meinen
Bruder zum Vorschein. Ein einziges Leben hätte
gar nicht ausgereicht, um all dies zu tun, was
ihm seine Feinde vorwarfen. Hämisch erzählte
mir meine Nachbarin Elisabeth, dass Johann
einmal einer reichen Bürgerin erst dann die

Absolution erteilen wollte, wenn sie 100 Goldgulden bezahlt hätte. Sie hatte aber zuvor ihren alten Beichtvater befragt, der gesagt hatte: „Liebe Frau, ich will's sagen, wenn Ihr mich nicht verraten wollt; unser Herr Gott ist kein Krämer, verkauft Vergebung der Sünde nicht ums Geld, sondern vergibt Sünden aus Gnaden." Dies sagte sie Johann, als er die 100 Goldgulden durchaus hatte haben wollen. Johann soll geantwortet haben: „Wenn ich wüsste, wer dies gesagt, so sollte dieser brennen oder nicht in dem Heiligen Römischen Reich verbleiben."

Überall, wo ich hinkam, überfiel man mich mit solchen Erzählungen. Nicht immer schaffte ich es, mich diesen Gesprächen zu entziehen. Ich verließ das Haus nur noch, wenn es gar nicht mehr anders ging, denn ich konnte es nicht ertragen, den hämischen, spöttischen, fragenden oder mitleidigen Blicken ausgesetzt zu sein. Als ich einmal meine kranke Schwester besuchen wollte, wurden dort munter Geschichten über unseren Bruder erzählt. Mein Schwager, die Kinder und Kindeskinder saßen alle am Bette meiner Schwester und amüsierten sich. Ich konnte es nicht fassen. Sollte nicht wenigstens die Familie zu Johann halten und sich loyal verhalten?
Kichernd erzählte die Enkelin meiner Schwester: „Einmal sollen die Possenreißer

(damit waren Johann und seine Klosterbrüder gemeint) ihre Ware feilgeboten und den Leuten erzählt haben, dass, wenn man die Ablassbriefe nur eine Nacht im Hause hätte, die Kraft, Sünden zu erlassen, im Hause verbleiben würden. Dann habe sich einer gefunden, der die päpstliche Bulle selbst erkaufen wollte. Das Geld habe er nun nicht, er könne es jedoch am kommenden Tage bringen. Der Ablasshändler habe sich auf diesen Handel eingelassen. Der Käufer zog mit seiner Bulle nach Hause und behielt sie über Nacht im Hause. Am Morgen ging er wieder zu dem Ablasshändler und fragte, ob dieser bei seiner Meinung bliebe. Dieser bejahte, und der Käufer entgegnete: „So nimm denn deine mir geborgte Bulle wieder, welche, weil ich sie über Nacht bei mir beherbergt habe, mich nach deinem Geständnisse der Vergebung der Sünde teilhaftig gemacht habe. Ich bedarf ihrer nicht mehr!" Der Ablasshändler habe daraufhin keine Antwort gewusst.

Als diese Geschichte zu Ende war, kicherten alle vergnügt. Ich schüttelte mich vor Entsetzen. Wie konnte man sich innerhalb der Familie nur solche Geschichten erzählen und diese auch noch für einen prächtigen Witz halten?

Es verwunderte mich nicht, dass Johann bei all diesen Anfeindungen, all diesem Hass, der ihm entgegenschlug, krank wurde. Sein Herz ward ihm schwer, da sich alle Welt gegen ihn verschworen hatte, und sein Gemüt verfinsterte sich. Jede Freude an seinem von Gott gegebenen Leben ward ihm genommen, er saß nur noch trübsinnig in seiner Zelle. Einzig die Stundengebete und die Messe verfolgte er noch aufmerksam, aber kaum hatte er die Kirche verlassen, senkte sich wieder die Schwermut über seinen Geist, und er verlor jeden Lebensmut. Außerdem musste er befürchten, dass der Papst ihn auch noch zur Rechenschaft ziehen wollte.

Nach all seiner Plackerei, der jahrelangen Wanderung durch Deutschland und all seinem Bemühen um die Sündenvergebung seiner Mitmenschen war es nur verständlich, dass sein Leib müde war und seine Seele danach verlangte, sich endlich bei Gott ausruhen zu dürfen. Bald gesellte sich ein hitziges Fieber seinem Leiden hinzu, das in mir große Sorge auslöste. Mein einst fülliger Bruder, der das Essen und das gute Leben liebte, wurde jeden Tag weniger, sein Leib täglich schmaler. Jeden Tag eilte ich in sein Kloster; ich erhielt eine besondere Dispens, damit ich die Infirmerie (die Krankenabteilung des Klosters) betreten und mich den ganzen Tag dort aufhalten durfte. Als Frau war mir die Klausur der Mönche natürlich verboten, obwohl ich mit meinen ungefähr Mitte sechzig Jahren sicherlich keine Versuchung mehr für Johanns Mitbrüder war.

Mein Gemahl Jakob wurde von einer unserer Töchter versorgt, er verstand, dass ich mich um meinen geliebten Bruder kümmern musste.

Ich hielt seine Hand, tröstete ihn, wischte ihm den Schweiß vom Gesicht und versuchte, ihn bequem zu lagern, damit er nicht allzu leiden musste. Oftmals litt er unter Alpträumen, die ihn kaum losließen, er träumte von seinen Reisen, von seinen Erfolgen, aber auch von seinen Feinden, die ihm keine Ruhe ließen. Johann erzählte mir viel, auch von den vielen Vorwürfen, die man ihm gemacht hatte. „Stelle dir vor, ich solle einigen Leuten eine Feder gezeigt haben, die ich dem Engel Michael im Kampfe ausgerauft haben soll, nur damit sie Ablass lösen. Des Nachts sollen dann Diebe gekommen sein, die die Feder aus dem Kästlein raubten und dafür Kohlen hineingelegt haben. Angeblich habe ich dann das Kästlein mitgenommen, ohne hineinzuschauen. Dann soll ich vor dem Volke eine große Rede gehalten haben von der Würde und Kraft des Engels Michael. Als ich die Feder dem Volke zeigen wollte, lagen nur die Kohlen darinnen. Daraufhin soll ich gesagt haben, ich hätte das falsche Kästlein gegriffen, was aber nichts ausmache, denn dies sei ein anderes Heiligtum, nämlich eine der Kohlen, auf denen der heilige Laurentius geröstet worden war. Natürlich habe ich dann eine Rede gehalten über die gewaltige Kraft dieser Kohlen. Das ist doch lächerlich. Nie ist dies geschehen.

Ein anderes Mal soll ich mit meinen Reliquien in einen Gasthof gekommen sein, ohne zu wissen, dass die Reliquien aus dem Kästlein gestohlen worden waren. Daraufhin bin ich mit der Wirtin in den Stall gegangen, habe Heu genommen und in das Kästlein gelegt. Die Wirtin lachte darüber, aber ich soll mit ihr eine Wette eingegangen sein, dass sie selbst es verehren wird, wenn sie die Kirche betritt. Sie nahm die Wette an, als Gewinn wurde dann die Zeche ausgesetzt. Ich legte dann meinen Ablasskram in der Kirche aus und pries die Kraft und die Wirkung dem Volke an. Dann soll ich gepredigt haben: 'Seht, ihr lieben Christen, das ist das Heu, worauf der Herr Jesu im Stalle zu Bethlehem gelegen hat; wer dasselbe küsset und verehret, der wird das ganze Jahr von Pestilenz befreit sein. Die Hurer aber, die Ehebrecher und Ehebrecherinnen, werden dasselbe freilich nicht verehren.' Die Wirtin nun, die zwar von dem Betruge wusste, aber nicht als Hure und Ehebrecherin gelten wollte, trat also hinzu und küsste und verehrte das Heu aus ihrem eigenen Stall." Weißt du, diese Geschichte ist mir mehrfach zu Ohren gekommen. Meist betraf sie mich, manches Mal auch andere Ablasskrämer. Was soll ich dazu sagen?"

Es war entsetzlich für mich, Johanns Sterben so hilflos ansehen zu müssen. Ich war die Ältere,

ich war alt, und ich wäre gerne für ihn
gestorben, wenn er dafür sein glückliches Leben
von früher hätte weiterführen können.
Zu meinem großen Erstaunen erhielt Johann
einen Brief von Luther, einen Trostbrief. Sollte
er die Krankheit und das Sterben meines
Bruders so schwer nehmen? Sollte er bedauern,
was er Johann angetan hatte? Luther schrieb,
Johann solle nur guten Mutes sein und sich vor
ihm und seinem Namen nicht fürchten. Allerlei
freundliche tröstliche Worte hatte Dr. Luther
gefunden; er schrieb, dass Johann nicht die
Ursache, sondern nur der Stein des Anstoßes
gewesen sei, und dass er keinerlei persönliche
Antipathien gegen Johann empfinde. Jedoch
schrieb Luther auch, dass Johann Gott um
Vergebung seiner begangenen Sünden bitten
solle. Nun, das muss jeder Mensch, auch der
Edelste sündigt, denn Gott in Seiner
Unbegreiflichkeit hat den Menschen nun
einmal schwach und sündig erschaffen. In
meiner Verzweiflung um Johanns Sterben
machte mir dieser Brief Luther schon fast
sympathisch, vielleicht hatte er ja doch ein
gutes Herz.
Später schrieb er: „Es ist mir leid, dass Tetzel in
große Not wegen seiner Wohlfahrt gekommen
und dass sein Wesen nun ganz offenbar
geworden ist; ich wollte lieber, wo es hätte sein
können, dass er bei Ehren wäre erhalten
worden und sich gebessert hätte; denn durch

seine Schande werde ich nicht berühmter, und durch seine Ehre gehet mir nichts ab." Er schrieb weiterhin: „Ob nun Tetzel bisher alles um Geld verkaufte, die Fuhrleute anstatt des Trankgeldes, die Gastwirte für Speis und Trank ‚die Hausknechte für ihr Trinkgeld mit Ablassbriefen bezahlt hätten, hierdurch vier oder fünf Seelen ihrer Freunde aus dem Fegefeuer zu erlösen, so konnte er sich doch selbst nicht aus den Banden des Todes mit seinen Ablassbriefen erlösen und ihn damit abweisen, sondern er musste ihn mit seinem Leben bezahlen.

Johann starb am 4. Juli 1519, abends um sechs Uhr, nachdem die Disputation zwischen Dr. Eck und Dr. Luther auf der Pleißenburg gerade beendet war. Er nahm den Ausgang sehr schwer und rief aus: „Das walt der Teufel!" Ich sah ihn entsetzt an und bekreuzigte mich rasch. Draußen sangen die Mönche das Salve Regina Misericordiae, und die Glocken läuteten, als ich sah, dass Johanns Zeit nun gekommen war. Er atmete schwer, sprach nicht mehr, sondern starrte auf das kleine Kreuz, dass an der Wand neben seinem Krankenlager hing. Ich wusste, dass er seine Seele unserem gekreuzigten Herrn Jesus Christus befahl und darauf vertraute, dass sein Mühen nun Lohn fand, indem ihm das Fegefeuer erspart blieb und er direkt zu unserem Herrgott in den Himmel gehen durfte.

Verdient hatte der arme Mann das nach all seinem Mühen und Plackereien auf jeden Fall. Wie viele Seelen hatte er wohl in den Himmel gebracht, nur Gott alleine konnte sie zählen. Die Mönche sangen: Sub tuum praesidium confugimus sancta Dei genetrix (unter Deinen Schirmen flüchten wir uns, heilige Gottesgebärerin), und die Glocken läuteten, als Johann seinen letzten langen Atemzug tat. Ich warf mich über ihn und weinte haltlos. Ich hatte meinen geliebten Bruder verloren. Mein Schmerz war unendlich. Ich litt um seines traurigen Endes wegen. Hätte er alt und zufrieden mit seinem Lebenswerk sterben können, wäre mir der Verlust vielleicht leichter gefallen; nun war ich verbittert wegen all der Schmach, die man ihm angetan hatte.

Man begrub Johann in der Kirche des Dominikanerklosters, die zu Ehren des Apostels Paulus erbaut worden war, in der Nähe des Altars.

Sogar Luther, mit dem Johanns Unglück begonnen hatte, nahm Anteil an Johanns Leiden und schrieb: „Anno 1519 hat auch Carl von Miltitz, welchen der Papst Leo X. mit der güldenen Rose an den Herzog Friedrich zu Sachsen gesandt hatte, Johann Tetzel, Prediger-Ordens, welcher der erste Anfänger gewesen dieses ganzen Lärmens, zu sich beschieden und desselben unverschämtes Schreien, vor welchen sich jedermann hatte fürchten und entsetzen müssen, mit des Papstes Befehl und Bedrohung also erschreckt und kleinlaut gemacht, dass er darüber gar verschmachten und endlich vor Harm und Kümmernis sterben musste."

Wer will nun über das Leben meines Bruders urteilen? Wer will ihn verurteilen? Sind wir nicht alle Sünder, in unseren Irrtümern verhaftet, und der Gnade Gottes ausgeliefert? Bedürfen wir nicht alle der Vergebung durch Gott, unseren Herrn? Wer will da den ersten Stein werfen, selbst wenn mein Bruder einen katholischen Irrtum lehrte und Gelder für die Sündenvergebung einnahm? Handelte er nicht im Auftrag der höchsten menschlichen Autorität auf Erden, dem Papste persönlich? Wer will Johann vorwerfen, dem päpstlichen Auftrage gehorcht und all sein Redetalent, das ja von Gott geschenkt war, eingesetzt zu haben? Jeder von uns hat eine Aufgabe im Leben, die er bestmöglich erfüllen muss. Mein Bruder Johann Tetzel machte da keine Ausnahme, und er tat alles, um seiner Aufgabe bestmöglich nachzukommen.
Vier Wochen nach dem Tod meines Bruders brach die Pest in Leipzig aus. 2.360 Menschen wurden innerhalb der zweiten Jahreshälfte vom Schwarzen Tod hinweggerafft. Ich verlor meinen Gemahl, drei meiner Kinder und fünf Enkelkinder an den Schwarzen Tod. Weshalb Gott mich diese Pestzeit überleben ließ, mit all

der Trauer in meinem Herzen um Johanns Schicksal und dem Tod meiner Angehörigen werde ich wohl erst verstehen, wenn ich bei Ihm bin und mich in Seiner Huld bergen darf. Vor mir starb noch Papst Leo X. Die Bedeutung von Luthers Handeln hat er zu spät begriffen, der Bau des Petersdomes war ihm wichtiger als alles andere. Er verfasste die Bulle Exsurge Domine und ging damit gegen 41 Schriften Luthers an. Er exkommunizierte Luther mit der Bulle Decet Romanum Pontificem, doch von kirchlichen Missständen wollte er nichts wissen. Er befand sich in einer langen Reihe von Päpsten, die sich das Recht auf ein luxuriöses Leben nahmen und die Armut des Volkes ignorierten. Man sah Rom als das Haupt der Welt, alles andere hatte sich unterzuordnen. Papst Leo X. starb in der Nacht des ersten Dezember 1521 an einer starken Grippe. Er gab so überraschend seinen Geist auf, dass er nicht einmal mehr die Sterbesakramente empfangen konnte. Sein Leichnam war stark angeschwollen und wies schwarze Verfärbungen auf, daher argwöhnten viele, der ohnehin kranke und überaus beleibte Papst sei vergiftet worden. Man hatte auch gleich einen Verdächtigen, und zwar seinen Mundschenk Malaspina. Dieser Verdacht konnte jedoch nicht erhärtet werden. Papst Leo hatte zwar oft gesagt, „die Mär von Jesus Christus bringt uns viel Geld ein", aber durch sein verschwenderisches Leben und den

Prunkbau rann ihm das Geld seiner Gläubigen nur so durch die Finger. Der Vatikan war derartig verschuldet, dass nicht einmal die Kerzen für seine Bestattung bezahlt werden konnten. Er wurde in der Kirche Santa Maria sopra Minerva bestattet. Später sollte sein Pontifikat als eines der verhängnisvollsten der Kirchengeschichte bezeichnet werden.

In den letzten Tagen meines Lebens befielen mich Zweifel an meiner geliebten katholischen Kirche. Alle Menschen sprachen von Luther, und dass er in der Bibel eine Stelle im Römerbrief gefunden hatte, in der stand, dass der Gerechte aus dem Glauben lebt. Kann das sein? Kann es sein, dass der Weg zu Gott so einfach ist? Ohne Ablassbrief, ohne sich zu kasteien, ohne zu fasten, ohne ins Kloster zu gehen? Ohne tägliche Beichte, ohne Absolution, ohne Papst? War es denkbar, dass man ohne Vermittlung durch Priester in den Himmel gelangen konnte?
Ich liebte den Geruch von Weihrauch in der Kirche, ich liebte das helle Geläut, die feierlichen Rituale und Zeremonien der Priester. Ich liebte unsere Heiligen, weil sie für uns Fürbitte leisteten und unsere Gebete und unser Flehen zur Gottesmutter brachten, die dann ihren Sohn bat, uns zu erhören.
Konnte es sein, dass all dies unnötig war, dass wir einfach so zu Gott sprechen konnten und Er

uns hörte? War es wirklich so, dass wir nicht gute Werke tun mussten, um zum rechten Glauben zu gelangen, sondern dass wir durch den wahren Glauben gute Werke taten, einfach, weil es die Folge des Glaubens war? Hatte Luther Recht? Liebte Gott uns wirklich so sehr, dass Sein Sohn Jesus Christus für uns starb, damit uns unsere Sünden vergeben werden? Müssen wir Gott wirklich nicht fürchten, sondern Ehrfurcht empfinden? Dürfen wir Gott wirklich lieben und Ihn als unseren Vater sehen, der unser Bestes will? Bereitete unser gekreuzigter Herr Jesus Christus wirklich viele Wohnung, damit wir alle bei Ihm und Seinem Vater leben können, in unaussprechlicher Freude?

Nun, ich blicke auf ein sehr langes Leben zurück und bin dicht an der Wahrheit. Wenn Gott will, werde ich Ihn bald erblicken, in all Seiner Güte und Gnade, meine verstorbenen Angehörigen wiedersehen und mit ihnen zusammen bei Gott wohnen. Gott sei Dank!
****

Fast dreißig Jahre nach Tetzels Tod verfasste ein Schriftsteller dieses Gedicht:

> Als Papst Leo der Zehnte genannt,
> nunmehr fast unmöglich befand,
> dass er das römisch Jubeljahr
> erlebet, hat er die faule War'

des Ablasskrams in Teutschenland,
durch seine Kramknecht ausgesandt,
dazu sich denn ohn all Verdrieß,
Johann Tetzel gebrauchen ließ.
Der, was jetzt kaum dem Henker entlaufen,
als er wegen des Ehebruchs sollt ersaufen
wo nicht der fromme Fürst Friederich
seiner hätt' angenommen sich,
und beim Kaiser Maximilian
eine gnädige Fürbitt' hätt getan.
Hierbei es aber nicht so blieb,
aus einem Ehebrecher wurd' ein Dieb.
Welcher durch vermeint Gewalt und Macht
viel Gelde und Guts zuweg gebracht,
als er die blinde Welt beredt,
dass er den Himmel feil tragen tät.
Wenn man nur Geld gnug gäbe dar,
häts mit den Menschen kein Gefahr.
Sobald der Grosch im Kasten klingt,
sobald die Seel in Himmel sich schwingt,
durch diesen teufelischen Tand
hat er betrogen sein Vaterland.
Bis ihm Gott hat ins Spiel gesehn,
durch Doktor Luther seligen,
welcher ihm seinen Krämertisch
gewaltiglich zu Boden stieß.
Daher (Gott Lob) bis auf die Zeit
der Ablasskram zerstreuet leit.
Es bleibet nun Christi Verdienst,
einig allein unser Gewinnst;

des Tetzels Kram und Papstes Betrug
findet bei uns kein Recht und Fug.

* * * * *

Gedicht von Gerhard Friederich, Frankfurt am
Main, im Jahre 1818

Der Morgen graut, da strömt das Volk in
Wogen
aus Wittenberg, nach Jüterbog gewandt;
zum nahen Städtchen kommt ein Mönch
gezogen,
mit Himmelsgut vom fernen Rom gesandt;
der Sünden Tilgung wird für Geld gewogen,
für Gold wird auch der Mörder rein erkannt.
Es eilt zu ihm in schuldbeladnen Haufen
der Frevler Heer, Vergebung zu erkaufen.

Die Glocken tönen, Festgesang erschallet,
ein Zug von Priestern schreitet Paar für Paar,
die Fahnen wehn, von Weihrauchduft
umwallet,
und rings umgeben von des Volkes Schaar;
Dort, wo das Lied der Menge stärker hallet,
erscheint ein Mönch in seinem Talar,
und trägt, zum Trost bekümmerter Gewissen,
des Papstes Bull' auf goldbrocatnem Kissen.

Doch über alles irdische Gedränge
ragt der Erlösung Zeichen hoch empor,
unter hinter ihm, mit köstlichem Gepränge,

tritt Tetzel selbst mit stolzem Mut hervor.
Er tilgt an Christi Statt der Sünden Menge,
dies hört aus seinem Munde jedes Ohr;
„So wie das Gold," rühmt er, „im Kasten
klingelt,
die Seele freudig in den Himmel springet."

Schon öffnen sich des Tempels heil'ge Tore
und fassen kaum die glaubensreiche Schar;
das rote Kreuz strahlt oben von dem Chore;
das Kissen unten von dem Hochaltar.
Mit süßem Klange tönt dem schwachen Ohre
von Tetzels Lippen Rettung aus Gefahr,
die jeder Christ, so lang der Tempel offen,
für seine Seele gläubig hat zu offen.

Nicht länger will das Volk von Buße hören,
weil es mit Geld der Sünden Strafe büßt;
kein Beichtiger kann mehr dem Übel wehren,
da er im Ablass die Vergebung liest;
von allen Lastern, die uns tief entehren:
Raub, Meineid, Mord, und was nur schrecklich
ist,
kann man die Schuld im voraus von sich
wenden,
man darf nur reichlich Tetzels Kasten spenden.

Bei solchem Greul kann Luther nicht mehr
schweigen,
er sieht den Umsturz aller Sitten nahn,
dem Golde muss sich Recht und Tugend

beugen,
das Laster siegt, beschützt durch frommen
Wahn.
Als Lehrer will er kühn die Wahrheit zeigen;
doch spricht er erst die Amtsgenossen an,
ob sie für Licht und Recht den Eifer teilen,
mit ihm vereint das Volk zu retten eilen.

Was Luther still in seinem Geist erwogen,
verkündet er nun laut der Christenwelt;
das hehre Wort wird jetzt an's Licht gezogen;
durch das der erste Strahl in's Dunkel fällt.
Der Ablass hat die Gläubigen betrogen,
da Buße nur die Seligkeit erhält;
dies schlägt er kühn an alle Kirchentüren,
zum Widerstand die Gegner aufzurühren.

Kaum hat den Christen er dies Wort verkündet,
so eilt es, wie auf Engelsflügeln, fort;
man liest, man staunt und freuet sich; es findet
der stillen Freunde viel an jedem Ort.
Nur Tetzel wütet, Schwert und Kerker bindet
zu schonend noch des Ketzers freches Wort;
den Holzstoß häuft er knirschend schon
zusammen,
und Luthers Sätze – lodern in den Flammen.

Doch dieser stehet fest und voll Vertrauen,
dass Gottes Werk nicht untergehen kann;
in Schrift und Rede strebt er fortzubauen
der Wahrheit Wort, nicht fürchtend Schmach

und Bann.
Mag seinen Freunden vor der Zukunft grauen,
zum Licht gewendet ruft der Felsenmann:
„Muss auch der schwache Leib zu Staub
verderben,
das Göttliche wird doch den Himmel erben."

* * * * *

Gedicht „Ablass" von Ludwig Bechstein,
Frankfurt am Main, im Jahre 1834

Dicht drängt sich Volk um eine Krämerbude,
die sich ein Priester von Erniedrigungen
erhöhet hat, Vergebung feil zu halten.
Still triumphiert, dass solche List gelungen,
der truggetaufte Ablassschacherjude
Spott treibend mit den göttlichen Gewalten:
Zu lösen, zu behalten.
„Kommt her und kauft! Ihr braucht nicht Buß'
und Reue!
Ihr seid entsündigt, was Euch immer quäle;
Ja, hättet Gottes Mutter Ihr geschändet,
mein Ablass wandelt Euch in Sündenfreie,
und aus dem Fegefeuer springt die Seele,
sobald der Schilling klingt, den Ihr gespendet!"

Auch Luthers Geist schlief in des Glaubens
Wiege,
ein fromm vertrauend Kind, den Mutterlehren
der Kirche redlich treu, die es geboren.
Doch ach! Sie selbst muss sein Vertrauen stören;

denn reiner Kindessinn durchschaut die Lüge,
und ewig hat sie diesen Sohn verloren.
Er war von Gott erkoren,
als Frühlingsengel durch die Welt zu schweben.
Zu wecken, die im dumpfen Schlaf erstarrte,
ein lichtgeborner Aeon, Strahlenbote
der Lieb' und Wahrheit, reich an Kraft und
Leben.
Die Welt erwachte, die des Boten harrte,
und freute sich im neuen Morgenrote.

Und stark und freudig, für das Recht begeistert;
und für die Wahrheit glühend, für den
Glauben,
schlägt Luther an des Gotteshauses Pforte
die fünfundneunzig Sätze. Grimmig schnauben
die feilen Ablasskrämer, schreckbemeistert,
es greift der kühne Mann nach ihrem Horte.
Vom Orte fliegt zum Orte
die Kunde fort nach allen deutschen Landen,
als wären selbst die Boten Gottes Engel,
bald auch durch ganz Europa! Nationen
erstaunen, denn *ein* Mann macht Rom zu
Schanden;
er deckt die Schmach auf, die verhüllten
Mängel,
und wird bewundert, wo nur Christen wohnen.

Nun war der Grund gelegt zum großen Werke,
der erste Stein zu jener Riesenmauer,
die gegen Roma's Macht sich türmen sollte.

Noch kannte nicht die Höhe der Erbauer,
noch nicht ermaß er seine ganze Stärke.
Die Lüge tilgen nur war, was er wollte,
doch unaufhaltsam rollte
die Kugel des Geschicks, die tatenschwere,
und riss den alten Wahn der Zeit in Trümmern,
und war durch Menschensatzung nicht zu
hemmen.
Wer kann des Stromesflut gebieten: Kehre
zurück zum Quell!? Wer wehrt dem Stern zu
schimmern?
Wer kann das Meer in feste Ufer dämmen?

Zerrissen war die Fessel! Unaufhaltsam
brach hell der Tag aus dichten
Wolkenschleiern,
und keiner konnte hindern seine Strahlen.
Die Menschheit durfte große Siege feiern;
Prometheus-Luther nahm ihr Recht gewaltsam
zurück, dass jene Priester tückisch strahlen,
und bebte nicht vor Qualen.
Die Völker schliefen gleich den Grabeshütern,
die vor dem Sarkophag des Heilands ruhten;
der reine Glaube war der Tiefbegrabne,
da brachte Trost den zagenden Gemütern
des Glaubens Auferstehungsgruß, den Guten
ein Bote Gottes – Luther – der Erhabne.
* * * * *

Es gab einen berühmten Schulmann in Zittau
namens Weise, der Tetzel eine lateinische

Grabinschrift verfertigte, die auf Deutsch folgendermaßen lautet:

Siehe Wandersmann. Hier verbirgt sich ein dir noch unbekanntes Ungeheuer: Johann Tetzel

Ein verschlagener Staatsmann in einfältigem Mönchshabite, denn Predigen und Betrügen reicheten einander die Hände, wenn er Menschen fangen wollte. Ein Ordensbruder, ohne alle Ordnung; Denn seine Armut ruhte gerne auf güldenen und silbernen Kissen. Ein reicher Handelsmann arm an Waren, denn er verkaufte den Himmel, welchen er selber nicht hatte. Ernst und Possen spielte er zugleich aus einer Taschen. Was Christus durch Sein Gold erwerben können, wollte er durch Silber verschaffen. Der Papst gab sein Bischofstum so wohlfeil, als er den Himmel. Damit er die Gottesfurcht möchte ausrotten, so hat er eine Art erfunden, selig zu werden und Gott nicht zu fürchten das ist: Er hat an Gottes Statt dem Teufel gedienet. Damit er den Zorn Gottes möchte niederschlagen, hat er einen Gnadenkram angefangen, und zwar so, dass kein Bauer, wenn er seine Freundschaft verlassen sollen gerne einen Wechsel mit ihm würde getroffen haben: Ich will sagen, er böte Not gegen Geld. Damit man nicht ablassen dürfe von Sünden, gab er Ablass voraus, in

Zukunft sich in Sünden zu wälzen. Und dass seine eigene Übeltaten frei passieren möchten, ließ er andere ums Geld mit ihren durchkriechen. Ja, die Kirche brachte er so weit, dass sie sicher in den Tag hineinlebte, und die vielen Christen, dass sie keinen Gott glaubeten. Ein Mensch, doch ohn Vernunft. Elende und sicher. Elende, so dass er nicht versichert war seiner Seligkeit. Sicher, so, dass er andere derselben versicherte. Nachdem er von Luthero übel war angelassen worden, so hat er nicht Reden, sondern Schweigen; nicht Beharrung, sondern Flucht; nicht Antwort, sondern Lästerung dagegen gesetzt. So kläglich er den Seinen geschienen, so lächerlich ist er den Feinden vorkommen. Hier in dieses Grab oder Gefängnis ist er zur Ruhe in ewige Unruhe zum Andenken des Lobes, dessen man niemals gedenket, mehr auf Hoffnung des zukünftigen Todes als eines bessern Lebens verschlossen worden von denjenigen, welche dem Gestank des entseelten Körpers nicht vertragen konnten. Packe dich fort, Wandersmann, er schnappet auch im Tode nach den Geldbeuteln.

Tetzel-Statue in Jüterbog,
an den Tetzelstuben

****

<u>ANHANG</u>

Absolutionsformel: So oft du im Leben...

Es erbarme sich deiner (Name). Unser Herr
Jesus Christus, der absolviere dich um des
Verdienstes Seines Leidens willen, und ich
absolviere dich auf Befehl desselben, Kraft der

apostolischen Autorität, welche mir in diesem Stücke aufgetragen und dir vergönnet ist, von allen deinen Sünden im Namen Gottes, des Vaters, und des Sohnes und des Heiligen Geistes. Amen.

Formel der Absolution und der vollkommenen Vergebung einmal im Leben und in der Todesstunde

Es erbarme sich dein (Name). Unser Herr Jesus Christus absolviere dich um des Verdienstes Seines Leidens willen, und ich absolviere dich auf dessen und der Apostel Gewalt, die mir in diesem Stück aufgetragen und dir gegönnet ist, erstlich von allem Kirchenbann, dem großen und dem kleinen Bann, so du ihn verdient hast, danach von allen deinen Sünden, und teile dir mit vollkommener Vergebung aller deiner Sünden und Missetaten, auch erlasse ich dir die Strafen des Fegefeuers, insoweit sich die Schlüssel der heiligen Mutter der Kirchen erstrecken. Im Namen des Vaters und des Sohnes und des Heiligen Geistes, Amen.
Erklärung: Nach dem großen Banne wurde einer, der unchristlich lebte, von aller Gemeinschaft der christlichen Gemeinde gänzlich ausgeschlossen, nach dem kleinen Banne aber nur von der Teilnahme am heiligen Abendmahle.

Formular einer vollkommenen Absolution nach vorhergegangener Beichte

Es erbarme sich dein (Name). Unser Herr Jesus Christus, der absolviere dich um des Verdienstes seines bittern Leidens willen, und ich absolviere dich auf Befehl desselben, kraft der Autorität der heiligen Apostel Petri und Pauli, und unsers allerheiligsten Herrn Papstes, welcher die vergönnet und mir in diesem Stücke aufgetragen ist; erstlich von allen Strafen, die du, auf was für Art es sein kann, verdient hast; hernach von allen Sünden, Verbrechen und Missetaten, die du bisher begangen hast, sie seien so schwer als sie wollen, auch die sich der apostolische Stuhl vorbehalten hat, soweit sich die Schlüssel unsrer heiligen Mutter der Kirchen erstrecken, und erlasse dir kraft eines vollkommenen Ablasses alle Strafe, die dir wegen solcher Sünden im Fegefeuer gehörte, und mache dich teilhaftig der heiligen Sakramente der Kirche, der Einigkeit der Gläubigen, ingleichen der Unschuld und Heiligkeit, in welcher du dich nach deiner Taufe befunden, so dass dir bei deinem Tode die Pforten der Strafe zu und die Türe des Paradieses aufgeschlossen sein soll, und dass, wenn du dasselbige Mal nicht stürbest, dir diese Gnade auch, wenn du zur andern Zeit in Todesnot kommen möchtest, aufbehalten werden soll. Im Namen des Vaters, des Sohnes und des Heiligen Geistes, Amen.

Bruder Johann Tetzel, Untercommissar, mit eigner Hand geschrieben.

Päpstliche Konzession, in deutscher Übersetzung

Unsern Gruß und apostolischen Segen in Ewigkeit. Amen.

Wir, Leo der X., römischer Papst, ein Knecht aller Knechte, des Herrn Christi auf Erden Statthalter, ein Nachfolger der Apostel Petri und Pauli, tun kund und zu wissen allen und jeden Gläubigen, männlichen und weiblichen Geschlechts, wie dass wir aus Macht Christi und der seligen Apostel Petri und Pauli und der ganzen Kirche, Herrn Johann Tetzel, Apostolischer Commissario und Redner in Deutschland, wie auch Ketzermeister, Macht und Freiheit erteilet, völligen und reichlichen Ablass in der ganzen Welt auszuteilen, und dass besagter Johann Tetzel solle Macht haben, von allen besonderen und gemeinen Fällen, die der apostolische Stuhl auf alle Art und Weise sich vorbehalten und um welcher willen billig man diesen um Rat zu fragen hat; desgleichen von allen Sünden, sowohl von denen, die man nicht bereuet noch bekannt hat; selbst in der Todesstunde von allen und jeden Sünden und ihren Strafen, die man im Fegefeuer deshalb auszustehen hätte, völligen Ablass zu erteilen. Auch soll er Macht haben, die Pforten der Hölle zuzuschließen und den Himmel zu eröffnen,

jedoch den Armen umsonst.
Gesiegelt mit dem Fischerring im Jahre 1516

****

Die **95 Thesen des Martin Luther**, angeschlagen
am 31. Oktober 1517
Da unser Herr und Meister Jesus Christus
spricht "Tut Buße" usw. (Matth. 4,17), hat er
gewollt, daß das ganze Leben der Gläubigen
Buße sein soll.

   1. Dieses Wort kann nicht von der Buße als
      Sakrament ~ d. h. von der Beichte und

Genugtuung ~, die durch das priesterliche Amt verwaltet wird, verstanden werden.

2. Es bezieht sich nicht nur auf eine innere Buße, ja eine solche wäre gar keine, wenn sie nicht nach außen mancherlei Werke zur Abtötung des Fleisches bewirkte.

3. Daher bleibt die Strafe, solange der Haß gegen sich selbst - das ist die wahre Herzensbuße - bestehen bleibt, also bis zum Eingang ins Himmelreich.

4. Der Papst will und kann keine Strafen erlassen, außer solchen, die er auf Grund seiner eigenen Entscheidung oder der der kirchlichen Satzungen auferlegt hat.

5. Der Papst kann eine Schuld nur dadurch erlassen, daß er sie als von Gott erlassen erklärt und bezeugt, natürlich kann er sie in den ihm vorbehaltenen Fällen erlassen; wollte man das geringachten, bliebe die Schuld ganz und gar bestehen.

6. Gott erläßt überhaupt keinem die Schuld, ohne ihn zugleich demütig in allem dem Priester, seinem Stellvertreter, zu unterwerfen.

7. Die kirchlichen Bestimmungen über die Buße sind nur für die Lebenden verbindlich, den Sterbenden darf demgemäß nichts auferlegt werden.

8. Daher handelt der Heilige Geist, der durch den Papst wirkt, uns gegenüber gut, wenn er in seinen Erlassen immer

den Fall des Todes und der höchsten Not ausnimmt.

9. Unwissend und schlecht handeln diejenigen Priester, die den Sterbenden kirchliche Bußen für das Fegefeuer aufsparen.

10. Die Meinung, daß eine kirchliche Bußstrafe in eine Fegefeuerstrafe umgewandelt werden könne, ist ein Unkraut, das offenbar gesät worden ist, während die Bischöfe schliefen.

11. Früher wurden die kirchlichen Bußstrafen nicht nach, sondern vor der Absolution auferlegt, gleichsam als Prüfstein für die Aufrichtigkeit der Reue.

12. Die Sterbenden werden durch den Tod von allem gelöst, und für die kirchlichen Satzungen sind sie schon tot, weil sie von Rechts wegen davon befreit sind.

13. Ist die Haltung eines Sterbenden und die Liebe (Gott gegenüber) unvollkommen, so bringt ihm das notwendig große Furcht, und diese ist um so größer, je geringer jene ist.

14. Diese Furcht und dieser Schrecken genügen für sich allein - um von anderem zu schweigen -, die Pein des Fegefeuers auszumachen; denn sie kommen dem Grauen der Verzweiflung ganz nahe.

15. Es scheinen sich demnach Hölle, Fegefeuer und Himmel in der gleichen Weise zu unterscheiden wie Verzweiflung, annähernde Verzweiflung und Sicherheit.

16. Offenbar haben die Seelen im Fegefeuer die Mehrung der Liebe genauso nötig wie eine Minderung des Grauens.

17. Offenbar ist es auch weder durch Vernunft- noch Schriftgründe erwiesen, daß sie sich außerhalb des Zustandes befinden, in dem sie Verdienste erwerben können oder in dem die Liebe zunehmen kann.

18. Offenbar ist auch dieses nicht erwiesen, daß sie - wenigstens nicht alle - ihrer Seligkeit sicher und gewiß sind, wenngleich wir ihrer völlig sicher sind.

19. Daher meint der Papst mit dem vollkommenen Erlaß aller Strafen nicht einfach den Erlaß sämtlicher Strafen, sondern nur derjenigen, die er selbst auferlegt hat.

20. Deshalb irren jene Ablaßprediger, die sagen, daß durch die Ablässe des Papstes der Mensch von jeder Strafe frei und los werde.

21. Vielmehr erläßt er den Seelen im Fegefeuer keine einzige Strafe, die sie nach den kirchlichen Satzungen in diesem Leben hätten abbüßen müssen.

22.	Wenn überhaupt irgendwem irgendein Erlaß aller Strafen gewährt werden kann, dann gewiß allein den Vollkommensten, das heißt aber, ganz wenigen.

23.	Deswegen wird zwangsläufig ein Großteil des Volkes durch jenes in Bausch und Bogen und großsprecherisch gegebene Versprechen des Straferlasses getäuscht.

24.	Die gleiche Macht, die der Papst bezüglich des Fegefeuers im allgemeinen hat, besitzt jeder Bischof und jeder Seelsorger in seinem Bistum bzw. seinem Pfarrbezirk im besonderen.

25.	Der Papst handelt sehr richtig, den Seelen (im Fegefeuer) die Vergebung nicht auf Grund seiner - ihm dafür nicht zur Verfügung stehenden - Schlüsselgewalt, sondern auf dem Wege der Fürbitte zuzuwenden.

26.	Menschenlehre verkündigen die, die sagen, daß die Seele (aus dem Fegefeuer) emporfliege, sobald das Geld im Kasten klingt.

27.	Gewiß, sobald das Geld im Kasten klingt, können Gewinn und Habgier wachsen, aber die Fürbitte der Kirche steht allein auf dem Willen Gottes.

28.	Wer weiß denn, ob alle Seelen im Fegefeuer losgekauft werden wollen, wie es beispielsweise beim heiligen Severin und Paschalis nicht der Fall gewesen sein soll.

29. Keiner ist der Echtheit seiner Reue gewiß, viel weniger, ob er völligen Erlaß (der Sündenstrafe) erlangt hat.

30. So selten einer in rechter Weise Buße tut, so selten kauft einer in der rechten Weise Ablaß, nämlich außerordentlich selten.

31. Wer glaubt, durch einen Ablaßbrief seines Heils gewiß sein zu können, wird auf ewig mit seinen Lehrmeistern verdammt werden.

32. Nicht genug kann man sich vor denen hüten, die den Ablaß des Papstes jene unschätzbare Gabe Gottes nennen, durch die der Mensch mit Gott versöhnt werde.

33. Jene Ablaßgnaden beziehen sich nämlich nur auf die von Menschen festgesetzten Strafen der sakramentalen Genugtuung.

34. Nicht christlich predigen die, die lehren, daß für die, die Seelen (aus dem Fegefeuer) loskaufen oder Beichtbriefe erwerben, Reue nicht nötig sei.

35. Jeder Christ, der wirklich bereut, hat Anspruch auf völligen Erlaß von Strafe und Schuld, auch ohne Ablaßbrief.

36. Jeder wahre Christ, sei er lebendig oder tot, hat Anteil an allen Gütern Christi und der Kirche, von Gott ihm auch ohne Ablaßbrief gegeben.

37. Doch dürfen der Erlaß und der Anteil (an den genannten Gütern), die der Papst vermittelt, keineswegs geringgeachtet werden, weil sie - wie ich schon sagte - die Erklärung der göttlichen Vergebung darstellen.

38. Auch den gelehrtesten Theologen dürfte es sehr schwerfallen, vor dem Volk zugleich die Fülle der Ablässe und die Aufrichtigkeit der Reue zu rühmen.

39. Aufrichtige Reue begehrt und liebt die Strafe. Die Fülle der Ablässe aber macht gleichgültig und lehrt sie hassen, wenigstens legt sie das nahe.

40. Nur mit Vorsicht darf der apostolische Ablaß gepredigt werden, damit das Volk nicht fälschlicherweise meint, er sei anderen guten Werken der Liebe vorzuziehen.

41. Man soll die Christen lehren: Die Meinung des Papstes ist es nicht, daß der Erwerb von Ablaß in irgendeiner Weise mit Werken der Barmherzigkeit zu vergleichen sei.

42. Man soll den Christen lehren: Dem Armen zu geben oder dem Bedürftigen zu leihen ist besser, als Ablaß zu kaufen.

43. Denn durch ein Werk der Liebe wächst die Liebe und wird der Mensch besser, aber durch Ablaß wird er nicht besser, sondern nur teilweise von der Strafe befreit.

44. Man soll die Christen lehren: Wer einen Bedürftigen sieht, ihn übergeht und statt dessen für den Ablaß gibt, kauft nicht den Ablaß des Papstes, sondern handelt sich den Zorn Gottes ein.

45. Man soll die Christen lehren: Die, die nicht im Überfluß leben, sollen das Lebensnotwendige für ihr Hauswesen behalten und keinesfalls für den Ablaß verschwenden.

46. Man soll die Christen lehren: Der Kauf von Ablaß ist eine freiwillige Angelegenheit, nicht geboten.

47. Man soll die Christen lehren: Der Papst hat bei der Erteilung von Ablaß ein für ihn dargebrachtes Gebet nötiger und wünscht es deshalb auch mehr als zur Verfügung gestelltes Geld.

48. Man soll die Christen lehren: Der Ablaß des Papstes ist nützlich, wenn man nicht sein Vertrauen darauf setzt, aber sehr schädlich, falls man darüber die Furcht Gottes fahrenläßt.

49. Man soll die Christen lehren: Wenn der Papst die Erpressungsmethoden der Ablaßprediger wüßte, sähe er lieber die

Peterskirche in Asche sinken, als daß sie mit Haut, Fleisch und Knochen seiner Schafe erbaut würde.

50.   Man soll die Christen lehren: Der Papst wäre, wie es seine Pflicht ist, bereit ~ wenn nötig ~, die Peterskirche zu verkaufen, um von seinem Gelde einem großen Teil jener zu geben, denen gewisse Ablaßprediger das Geld aus der Tasche holen.

51.   Auf Grund eines Ablaßbriefes das Heil zu erwarten ist eitel, auch wenn der (Ablaß~)Kommissar, ja der Papst selbst ihre Seelen dafür verpfändeten.

52.   Die anordnen, daß um der Ablaßpredigt willen das Wort Gottes in den umliegenden Kirchen völlig zum Schweigen komme, sind Feinde Christi und des Papstes.

53.   Dem Wort Gottes geschieht Unrecht, wenn in ein und derselben Predigt auf den Ablaß die gleiche oder längere Zeit verwendet wird als für jenes.

54.   Die Meinung des Papstes ist unbedingt die: Wenn der Ablaß ~ als das Geringste ~ mit einer Glocke, einer Prozession und einem Gottesdienst gefeiert wird, sollte das Evangelium ~ als das Höchste ~ mit hundert Glocken,

hundert Prozessionen und hundert Gottesdiensten gepredigt werden.

55. Der Schatz der Kirche, aus dem der Papst den Ablaß austeilt, ist bei dem Volke Christi weder genügend genannt noch bekannt.

56. Offenbar besteht er nicht in zeitlichen Gütern, denn die würden viele von den Predigern nicht so leicht mit vollen Händen austeilen, sondern bloß sammeln.

57. Er besteht aber auch nicht aus den Verdiensten Christi und der Heiligen, weil diese dauernd ohne den Papst Gnade für den inwendigen Menschen sowie Kreuz, Tod und Hölle für den äußeren bewirken.

58. Der heilige Laurentius hat gesagt, daß der Schatz der Kirche ihre Armen seien, aber die Verwendung dieses Begriffes entsprach der Auffassung seiner Zeit.

59. Wohlbegründet sagen wir, daß die Schlüssel der Kirche ~ die ihr durch das Verdienst Christi geschenkt sind ~ jenen Schatz darstellen.

60. Selbstverständlich genügt die Gewalt des Papstes allein zum Erlaß von Strafen und zur Vergebung in besondern, ihm vorbehaltenen Fällen.

61. Der wahre Schatz der Kirche ist das allerheiligste Evangelium von der Herrlichkeit und Gnade Gottes.

62. Dieser ist zu Recht allgemein verhaßt, weil er aus Ersten Letzte macht.

63. Der Schatz des Ablasses jedoch ist zu Recht außerordentlich beliebt, weil er aus Letzten Erste macht.

64. Also ist der Schatz des Evangeliums das Netz, mit dem man einst die Besitzer von Reichtum fing.

65. Der Schatz des Ablasses ist das Netz, mit dem man jetzt den Reichtum von Besitzenden fängt.

66. Der Ablaß, den die Ablaßprediger lautstark als außerordentliche Gnaden anpreisen, kann tatsächlich dafür gelten, was das gute Geschäft anbelangt.

67. Doch sind sie, verglichen mit der Gnade Gottes und der Verehrung des Kreuzes, in der Tat ganz geringfügig.

68. Die Bischöfe und Pfarrer sind gehalten, die Kommissare des apostolischen Ablasses mit aller Ehrerbietung zuzulassen.

69. Aber noch mehr sind sie gehalten, Augen und Ohren anzustrengen, daß jene nicht anstelle des päpstlichen Auftrags ihre eigenen Phantastereien predigen.

70. Wer gegen die Wahrheit des apostolischen Ablasses spricht, der sei verworfen und verflucht.

71. Aber wer gegen die Zügellosigkeit und Frechheit der Worte der Ablaßprediger auftritt, der sei gesegnet.

72. Wie der Papst zu Recht seinen Bannstrahl gegen diejenigen schleudert, die hinsichtlich des Ablaßgeschäftes auf mannigfache Weise Betrug ersinnen,

73. So will er viel mehr den Bannstrahl gegen diejenigen schleudern, die unter dem Vorwand des Ablasses auf Betrug hinsichtlich der heiligen Liebe und Wahrheit sinnen.

74. Es ist irrsinnig zu meinen, daß der päpstliche Ablaß mächtig genug sei, einen Menschen loszusprechen, auch wenn er - was ja unmöglich ist - der Gottesgebärerin Gewalt angetan hätte.

75. Wir behaupten dagegen, daß der päpstliche Ablaß auch nicht die geringste läßliche Sünde wegnehmen kann, was deren Schuld betrifft.

76. Wenn es heißt, auch der heilige Petrus könnte, wenn er jetzt Papst wäre, keine größeren Gnaden austeilen, so ist das eine Lästerung des heiligen Petrus und des Papstes.

77. Wir behaupten dagegen, daß dieser wie jeder beliebige Papst größere hat,

nämlich das Evangelium, "Geisteskräfte und Gaben, gesund zu machen" usw., wie es 1. Kor. 12 heißt.

78. Es ist Gotteslästerung zu sagen, daß das (in den Kirchen) an hervorragender Stelle errichtete (Ablaß-) Kreuz, das mit dem päpstlichen Wappen versehen ist, dem Kreuz Christi gleichkäme.

79. Bischöfe, Pfarrer und Theologen, die dulden, daß man dem Volk solche Predigt bietet, werden dafür Rechenschaft ablegen müssen.

80. Diese freche Ablaßpredigt macht es auch gelehrten Männern nicht leicht, das Ansehen des Papstes vor böswilliger Kritik oder sogar vor spitzfindigen Fragen der Laien zu schützen.

81. Zum Beispiel: Warum räumt der Papst nicht das Fegefeuer aus um der heiligsten Liebe und höchsten Not der Seelen willen - als aus einem wirklich triftigen Grund -, da er doch unzählige Seelen loskauft um des unheilvollen Geldes zum Bau einer Kirche willen - als aus einem sehr fadenscheinigen Grund -?

82. Oder: Warum bleiben die Totenmessen sowie Jahrfeiern für die Verstorbenen bestehen, und warum gibt er (der Papst) nicht die Stiftungen, die dafür gemacht worden sind, zurück oder

gestattet ihre Rückgabe, wenn es schon ein Unrecht ist, für die Losgekauften zu beten?

83.   Oder: Was ist das für eine neue Frömmigkeit vor Gott und dem Papst, daß sie einem Gottlosen und Feinde erlauben, für sein Geld eine fromme und von Gott geliebte Seele loszukaufen; doch um der eigenen Not dieser frommen und geliebten Seele willen erlösen sie diese nicht aus freigeschenkter Liebe?

84.   Oder: Warum werden die kirchlichen Bußsatzungen, die "tatsächlich und durch Nichtgebrauch" an sich längst abgeschafft und tot sind, doch noch immer durch die Gewährung von Ablaß mit Geld abgelöst, als wären sie höchst lebendig?

85.   Oder: Warum baut der Papst, der heute reicher ist als der reichste Crassus, nicht wenigstens die eine Kirche St. Peter lieber von seinem eigenen Geld als dem der armen Gläubigen?

86.   Oder: Was erläßt der Papst oder woran gibt er denen Anteil, die durch vollkommene Reue ein Anrecht haben auf völligen Erlaß und völlige Teilhabe?

87.   Oder: Was könnte der Kirche Besseres geschehen, als wenn der Papst, wie er es (jetzt) einmal tut, hundertmal

am Tage jedem Gläubigen diesen Erlaß und diese Teilhabe zukommen ließe?

88.   Wieso sucht der Papst durch den Ablaß das Heil der Seelen mehr als das Geld; warum hebt er früher gewährte Briefe und Ablässe jetzt auf, die doch ebenso wirksam sind?

89.   Diese äußerst peinlichen Einwände der Laien nur mit Gewalt zu unterdrücken und nicht durch vernünftige Gegenargumente zu beseitigen heißt, die Kirche und den Papst dem Gelächter der Feinde auszusetzen und die Christenheit unglücklich zu machen.

90.   Wenn daher der Ablaß dem Geiste und der Auffassung des Papstes gemäß gepredigt würde, lösten sich diese (Einwände) alle ohne weiteres auf, ja es gäbe sie überhaupt nicht.

91.   Darum weg mit allen jenen Propheten, die den Christen predigen: "Friede, Friede", und ist doch kein Friede.

92.   Wohl möge es gehen allen den Propheten, die den Christen predigen: "Kreuz, Kreuz", und ist doch kein Kreuz.

93.   Man soll die Christen ermutigen, daß sie ihrem Haupt Christus durch Strafen, Tod und Hölle nachzufolgen trachten

94.   und daß die lieber darauf trauen,
durch viele Trübsale ins Himmelreich
einzugehen, als sich in falscher
geistlicher Sicherheit zu beruhigen.

****

Die 106 Gegenthesen des Dr. Johann Tetzel:

Auf dass die Wahrheit offenbar und der Irrtum
unterdrückt werde, und durch genügende
Beweise, was wider die allgemein anerkannte
Wahrheit vorgebracht wird, vorgelegt werde,
will Bruder Johannes Tetzel, Prediger-Ordens,
der Heiligen Schrift Baccalaureus und
Ketzermeister, diese nachfolgenden
Gegensprüche verteidigen, den Ablass aufrecht
zu erhalten wider Dr. Martin Luther auf der
Universität zu Frankfurt an der Oder.

1.) Unser Herr Jesus Christus hat des neuen
Gesetzes Sakrament, daran er alle Menschen
gebunden hat.
2.) Vor Seinem Leiden wollte Er die Menschen
durch Seine Predigt belehren.
3.) Wer da saget, dass Christus mit Seiner
Predigt: „Tut Buße!" nur innerliche Reue und
Leid und äußerliche Tötung des Fleisches
gelehret haben.
4.) Und nicht damit das Sakrament der Buße
und desselben Stücke, die Beichte und
Genugtuung, als nötige Stücke verlange, der
irret. Innerliche Reue und Leid, sowie

äußerliche Tötung hilft nichts, wo nicht mit der Begierde und Tat Beichte und Genugtuung vorhanden ist.

5.) Diese Genugtuung geschieht (denn Gott lässt keine Sünde ungestrafet) durch die Strafe, oder was der Strafe gleichgilt, wenn unser Herr Gott einen aufnimmt.

6.) Diese Strafe wird von den Priestern auferlegt, entweder nach ihrem Gutdünken oder nach den Canons, oder aber wird indessen von göttlicher Gerechtigkeit entweder hier oder dort im Fegefeuer zu bezahlen erfordert.

7.) Niemand ist schuldig, eine recht getane Beichte aufs neue von denselbigen Sünden zu wiederholen, ausgenommen in wenigen Fällen.

8.) Solches ist freilich nützlich und gut, aber niemand kann den Beichtenden gebieten, weder ein Geistlicher noch selbst der Papst.

9.) Auch der, der einmal abgeirret ist, ist nicht schuldig, die äußerliche Strafe der Genugtuung, so sie einmal erfüllt ist, wegen derselbigen Sünden abermals zu tragen. Wer dawider lehret, der irret.

10.) Gleichwohl ist jeder schuldig, sein Leben lang innerlich Leid zu tragen und die Sünden für und für zu hassen, wenn sie auch verziehen und versöhnet sind.

11.) Die Buße, die wegen berührter und gebeichteter Sünden erlegt ist, kann der Papst durch Ablass ganz und gar lösen.

12.) Auch dann, wenn diese Buße von dem

Papste selbst, oder von des Priesters Willen, oder laut der Canons, oder von der göttlichen Gerechtigkeit erfordert wird. Diesem widersprechen ist Irrtum.

13.) Buße oder Strafe, so zur Rache der Sünde verordnet wird, wird durch den Ablass denen vergeben, die dazu geschickt sind.

14.) Doch ist es irrig, dass darum die Buße oder Strafe aufgehoben werde. Diese ist eine Arznei und ein Präservativ und wider dieselbe ist auch das Jubel- oder güldene Jahr nicht geordnet.

15.) Wahrhaftig kann einer ganz und gar durch den Ablass entbunden und los werden, wenn er dazu geschickt ist.

16.) Doch soll er die Werke der Genugtuung nicht unterlassen, so lange er lebt, weil diese eine heilsame Arznei gegen die übrigen Sünden und ein Präservativ für die künftigen, dazu auch verdienstlich sind.

17:) Die Sakramente im Gesetze Moses sind kraftlose Elemente, die weder eine Schuld hinwegnehmen noch gerecht machen.

18.) Die jüdischen Priester haben auch weder Schlüssel noch Zeichen, und können keine Sünden vergeben.

19.) Die christlichen Sakramente bewirken die Gnade, die sie bedeuten, und machen die gerecht, die sie annehmen.

20.) Die christlichen Priester haben wahrhaftige Zeichen und Schlüssel, dadurch sie die Schuld vergeben können.

21.) Das können sie nicht nur dadurch, dass sie die göttliche Vergebung billigen, rechtsprechen oder erklären, wie die Priester vom Stamm Aaron den Aussätzigen.

22.) Sondern auch, dass sie dies durch ihr Amt und ihr äußerliches Instrument, auf geordnete Weise, durch das Sakrament ausrichten.

23.) Ja, wie Gott die Schlüssel der Gewalt, Christus die Schlüssel der Vortrefflichkeit hat, also hat auch der christliche Priester die Schlüssel des Amts.

24.) Wer da sagt, dass der Papst oder auch der geringste Priester nicht Macht habe über die Schuld, denn nur durch billigen und erklären, der irret.

25.) Ja, wer nicht glaubet, dass der geringste christliche Priester größere Macht habe über die Sünde, als vorzeiten die ganze Synagoge der Juden, der irret.

26.) Ja, vielmehr irret der, der da meinet, dass Christus, vermöge der Vortrefflichkeit Seines Schlüssels, nach welcher Vortrefflichkeit Er Seine Gewalt an die Sakramente nicht gebunden hat,

27.) nicht könne Sünde vergeben, und den Menschen selig machen ohne die Beichte, so dem Priester geschieht, und ohne dieselbigen billigen und erklären.

28.) Wahre Verachtung, oder was sonst dafür gehalten werden möchte, lässt das Sakrament fahren, oder achtet sein nicht, welches oft geschieht von denen, die da langsam Buße tun.

29.) Weder unversehener Tod noch die Not kann jemand überheben der sehr schweren hernach folgenden Rache.

30.) Doch soll man nicht an ihnen verzweifeln, wenn nur die allergeringste Reue und Leid noch am Ende des Lebens geschehen kann;

31.) und diese ist genug zur Vergebung der Sünde und dazu, dass die ewige Strafe in eine zeitliche verwandelt werde.

32.) Um der Kürze der Zeit willen folgen bisweilen solche greuliche Strafen den Verstorbenen nach.

33.) Diese soll man eilend durch völligen Ablass lösen. Daher tun die närrisch, die solche Leute vom Ablasslösen abhalten.

34.) So legt man nicht allein nach der Absolution, sondern auch nach dem Tode Strafe auf die, die in den Bann getan waren, darum, dass sie die Hände an geistliche Personen gelegt hatten, Mordbrenner und die, so sich durch unnatürliche Unzucht verunreinigt hatten.

35.) Auf diese, dass sie nicht noch einmal einen Eid tun, auf jene, dass sie büßen oder genugtun. Deshalb irret, der da meinet, dass solches könne geschehen.

36.) Dem Priester wird nicht geboten von den Bischöfen, sondern durch die Rechte des Canons, dass er bescheiden und gottesfürchtig sei,

37.) auf dass das Beichtkind viel lieber mit

geringer willig vorgenommener Strafe ins Fegefeuer gesandt werde, denn mit von sich gestoßener Strafe ins höllische Feuer geworden werde. Deshalb wer dies Unkraut nenne, der irret.

38.) Ketzer, Abtrünnige und die, so wider die hohe Obrigkeit sich vergangen haben und deshalb nach dem Tode verbannet sind, die werden verflucht und aus der Erde gegraben.

39.) Derhalben wer da saget, dass die Sterbenden durch den Tod alles bezahlen und nichts den Rechten der Canons oder Satzungen schuldig sind, der irret.

40.) Die Reinigung der Seelen, die in Gnade und Liebe von hinnen scheiden, welches Stück einen Unterschied machet zwischen den Kindern des Reichs und den Kindern des Verderbens oder der Verzweiflung.

41.) Eine nahe Verzweiflung nennen, ist Irrtum, so sie doch vielmehr in gewisser Hoffnung sind, die Seligkeit zu erlangen.

42.) Wer da saget, dass es erwiesen sei weder durch gute Gründe noch durch die Heilige Schrift, dass die (im Fegefeuer) Gereinigten außer dem Stande des Verdienstes sind, der irret.

43.) Wer das aber saget, dass es nicht erwiesen sei, dass sie ihrer Seligkeit gewiss und sicher sind, der irret.

44.) Desgleichen irret auch der, der da vorgibt, dass die Seelen, so noch gereinigt werden sollen, nicht gewisser seien ihrer Seligkeit, denn wir, und dass wir derselben ganz gewiss und sicher sind.

45.) Wer da saget, dass der Papst unter vollkommener Vergebung nicht verstehe und meine die Vergebung aller Pein und Strafe, so insgemein zu verbüßen ist, sondern der Pein allein, die er selbst auferlegt hat, der irret.

46.) Sagen, dass die Ablassprediger irren, wenn sie predigen, dass der Mensch durch des Papstes Ablass vor aller Pein los und ledig werde, ist ein Irrtum.

47.) Sagen, dass der Papst keine Pein der Seelen im Fegefeuer vergebe, die sie laut der Canons in diesem Leben hätten verbüßen sollen, ist ein Irrtum.

48.) Wer da saget, dass allein die Allervollkommensten Ablass oder Gnade erlangen können, und nicht auch die Vollkommenen, ja die, so da vollkommener zu sein anfangen und zunehmen, der irret.

49.) Wer da saget, dass keine Gnade erlangen nicht allein die, die vollkommene Reue und Leid über ihre Sünden gehabt haben, sondern auch die unvollkommene Reue gehabt und durch die Beichte ihre Reue getan haben, der irret.

50.) Wer da meinet, dass diese Gnade nur Wenigen widerfahren könne, und nicht Vielen, die da tun, was die Jubeljahre erfordert, der irret.

51.) Für Wahrheit ausgeben, dass der Papst

nicht größere oder kräftigere Gewalt über das Fegefeuer insgemein habe, oder bei Allen, wenn er hilfsweise ein Jubeljahr austeilet,

52.) denn solche und so groß als ein Bischof oder Pfarrherr in seinem Bistume und Pfarre hat, ist ein Irrtum.

53.) Wiewohl der Papst keine Gewalt des Schlüssels hat über das Fegefeuer, so hat er doch Macht denen, so im Fegefeuer sind, dass Jubeljahr zur Hilfe beizubringen.

54.) Diese Gewalt des Papstes über das Fegefeuer unter dem Scheine der Schlüssel verneinen, ist der Wahrheit widersprechen und irren.

55.) Das Ausfahren der gereinigten Seelen aus dem Fegefeuer ist nicht anders, denn dass sie Gott schauet, welches durch keine Zeit oder Raum mag verhindert werden.

56.) Darum wer da saget, dass die Seele nicht eher könne ausfahren, als bis der Groschen auf dem Boden des Kastens klinge, der irret.

57.) Dass dadurch, dass man den Ablass jedermann mitteilet und gemein machet, Gewinn und Geiz gesucht werde, und dass daraus nicht folge die Frucht der Reinigung, ist Irrtum.

58.) Zweifeln, ob alle Seelen begehren, dass sie erlöset werden, oder auch, ob sie, wenn sie nun erlöset sind, aus dem Fegefeuer fahren wollen, ist ein öffentlicher Irrtum.

59.) Dass kein Mensch einer vermutlichen

Gewissheit, soweit man bei menschlicher Schwachheit es vermag, sicher und gewiss sei, dass er Ablass und Gnade erlangt hat, wenn er gleich alles getan hat, was das Jubeljahr fordert, ist ein Irrtum.

60.) Dass derer sehr wenig sind und nicht sehr viel, wenn sie gleich nach Form und Weise des Jubeljahres tun, Gnade erlangen, ist ein Irrtum.

61.) Dass der, so durch vollkommenen Ablass und Gnade nach Form und Weise, vorgestellter Maß oder Rechts, dass er wahrhaftige Beichte getan, Reue und Leid gehabt habe, entbunden ist, nicht sollte seiner Seligkeit gewiss sein, ist ein Irrtum.

62.) Dass der Mensch, der wahrhaftige Reue gehabt und wahrhaftige Beichte getan hat, nicht sollte durch päpstlichen Ablass, so er nach vorgestellter Weise und Maß recht erlangt ist, Gott versöhnet zu werden, ist ein Irrtum.

63.) Dass die Gnade, die durch Ablass gegeben wird, allein gerichtet sei auf die Pein oder Strafe der Genugtuung, die von Menschen geordnet ist und nicht auf die, so von dem Canon oder göttlicher Gerechtigkeit geordnet ist, ist Irrtum.

64.)s das unchristlich gelehret sei, dass diejenigen, so Beichtbriefe für ihre Freunde, oder das Jubeljahr für die Seelen, so gereinigt werden sollen, lösen wollen, solches ohne Reue und Leid tun können, ist ein Irrtum.

65.) Dass ein jeder Christ, der wahrhaftig Reue und Leid hat, bald und ganz vollkommene

Vergebung habe von Pein und Schuld, ohne allen Ablass, das ist ein Irrtum.

66.) Dass ein jeder Christ, sei er tot oder lebendig, aller Güter teilhaftig sei, so viel die rechtmäßige Vergebung der Pein betrifft, ist ein Irrtum.

67.) Dass das einerlei Gemeinschaft sei aller Güter, beides die durch die Liebe geschieht und die durch das Zueignen des, der die Macht darüber hat, geschieht, ist ein Irrtum.

68.) Wiederum, dass das einerlei Gemeinschaft sei aller Güter zu verdienen, und die Verdienste zu mehren, und diese eine Gemeinschaft aller Güter zur Genugtuung oder zur Buße ist, das ist ein Irrtum.

69.) Dass des Papstes Vergebung und Gemeinschaft allein darum nicht zu verachten sei, dass sie eine Erklärung der göttlichen Vergebung sei, ist ein Irrtum.

70.) Dass allein des allergelehrtesten und nicht auch den ziemlich erfahrenen Theologen leicht sein sollte, zugleich des Ablasses Reichtum und wahre Reue hoch zu preisen, ist ein Irrtum.

71.) Denn anstatt der vergebenen oder nachgelassenen genugtätigen Pein oder Strafe (welche Strafe die Reue suchet und haben will), setzt der Ablass die genugtuende Pein Christi; das ist kein Leiden. Doch dieweil der Ablass nicht auflöset die heilsame Pein, oder zur Arznei des Menschen dienet, so hat die Reue ihre Strafen, die sie gern hat, das ganze Leben hindurch zu vollstrecken, wer das nicht weiß, der irret.

72.) Die Werke der Liebe gelten mehr zu verdienen; vollkommener Ablass aber gilt mehr schnell zu bezahlen oder genug zu tun, dazu ganz und gar loszulassen oder zu absolvieren. Wer das nicht weiß oder nicht glaubt und lehret das Volk eines und verschweiget das andere, der irret.

73.) Vollkommener Ablass dienet mehr genug zu tun und zur vollkommenen schnellen und sonderlichen Vergebung. Die Werke der Liebe sind nütze, Verdienst und Gnade zu verdienen, und vornehmlich Preis und Ruhm zu mehren; derhalben wer da nicht meinet, dass der Papst das Volk also gelehrt haben wolle, der irret.

74.) Ja, dieweil völliger Ablass und stückweise Werke der Barmherzigkeit (wie sie denn zu geschehen pflegen), nach Übermaß und Mangel, weit voneinander unterschieden sind, so ist der außerordentlich vermessen und irret, der das Volk lehret, dass der Papst das Ablasslösen, den stückweisen Werken der Barmherzigkeit (wie sie denn geschehen) keinerlei Maß wolle verglichen haben.

75.) Der den Armen gibt und leihet den Bedürftigen, der tut besser, so viel größere Verdienste belanget; wer aber Ablass löset, der tut besser, so viel die schleunige Genugtuung betrifft. Der das Volk anders lehret, der verführet dasselbe, und der da meinet, dass

Ablasslösen nicht auch ein Werk der Barmherzigkeit sei, der irret.

76.) Der Mensch wird erstlich durch den Ablass freier und sicherer vor der Strafe, dieweil das Werk, dadurch der Ablass gelöset wird, ein Werk der Liebe ist, danach wird auch der, so den Ablass löset, aus innerlicher Andacht frömmer; wer das Volk anders lehret, der irret.

77.) Christliche Almosen sind besser, wenn die leiblichen, und die Almosen, so einer ihm selbst tut, sind ordentlicher oder stehen in besserer Ordnung, denn jene die leiblichen: darum so jemand Ablass bedürfte und vermöchte den Armen nicht zu helfen, außerhalb der Not, der tut viel besser, dass er Ablass löset, denn dass er den Armen (als verloren Ding) zu Hilfe komme: wer dawider lehret, der irret.

78.) Verdienst und dessen Größe wird gewöhnlich berechnet nach dem, dass die Werke schwer sind und die Liebe heftig ist. Darum verdienet der mehr Gnade und Ablass, der von dem, dass er selbst notdürftig ist, etwas tut, denn der von seinem Übermaß etwas tut. Darum, wer da saget, dass derjenige, so auf diese Weise etwas verdienet, sündige oder Unrecht tue, der irret zweifach.

79.) Ist es auch nicht geboten, Ablass zu lösen, so ist er doch denen, die es bedürfen, hoch zu raten. Darum, der eines saget und das andere verschweiget, der verführet das Volk und irret.

80.) Dass der Papst Leo für seine Person des

Gebets mehr bedürfe denn andere Leute, das ist ein Menschengericht. Wir sind aber schuldig, nach natürlichem, menschlichem und göttlichem Recht, für den Papst zu bitten.

81.) Dieweil dies ein nötiges Ding ist, oder weil wir es tun müssen; so irret der, der da sagt, dass der Papst solcher Fürbitte halber Ablass geben müsse.

82.) Es sei denn, dass man Glaube, Andacht und Vertrauen zum Ablass habe, hilft er nichts und ist verloren. Wer dawider lehret, der irret gar böslich.

83.) Weil das Wenige, so von dem Papst Leo für den Ablass gefordert wird, gegen demjenigen, was seine Vorfahren getan haben, gering ist: so irret der unchristlich, der da dichtet, dass er mit Fleisch, Haut und Beinen seiner Schafe St. Peters Münster baue.

84.) Wer da tut, laut der Bullen, so viel an ihm ist, dem ist der Ablass von Nutzen, obgleich die, die dawider bellen, irren.

85.) Derohalben sagen, dass das Vertrauen, durch Ablassbriefe selig zu werden, eitel und erlogen sei, wenn gleich der Papst seine Seele dafür zum Pfande setzte, ist ein schändlicher Irrtum.

86.) Kann doch der geringste Bischof, wenn er entweder selbst predigt oder für sich predigen lässt, schaffen und anderen gebieten, dass sie still schweigen.

87.) So ist es doch ein schändlicher Irrtum, so

jemand saget, dass der Papst ein Feind des Kreuzes Christi ist, so er gleicher Weise das Jubeljahr öffentlich verkündigen lassen wollte.

88.) Wenn der Heiligen Legenden auf ihre Feste länger, denn das Evangelium ohne Nachteil gelesen werden können; so kann wohl, wenn das Evangelium gelesen ist, gleiche oder längere Zeit zum Ablass-Verkündigen gebraucht werden. Das Gegenteil reden ist doppelter Irrtum.

89.) Dass des Papstes Meinung sei, dass, so man mit einer Glocke Geläut, Gepränge oder Zeremonie den Ablass gebe, man das Evangelium mit hundert Glocken, Gepräge und Zeremonien ehren sollte, ist ein Irrtum.

90.) Dass der Schatz der Kirche, daraus der Papst den Ablass gibt, nicht genügsam bekannt und erwiesen sei, ist ein Irrtum.

91.) Dass der Schatz Christi nicht sein und der Heiligen Verdienst sei, ist ein Irrtum.

92.) Dass dieses Verdienst ein freies Geschenk sei, oder ganz und gar eine erlassene, eine reiche, schnelle, vollkommene Genugtuung wirke, ohne des Papstes Applikation oder Beihilfe, ist ein Irrtum.

93.) Dass zur Zeit Laurentii die Armen die Schätze der Kirche gewesen sind, ist ein Irrtum.

94.) Dass die Schätze der Kirche allein die Schlüssel der Kirche sind, durch das Verdienst Christi geschenkt, ist ein Irrtum.

95.) Dass zur Vergebung der Pein des Papstes

Gewalt allein genug sei, ohne die Applikation des Schatzes der Kirche, d.h. des Verdienstes Christi, ist ein Irrtum.

96.) Die Worte: Evangelium, Gaben der Gnade gesund zu machen, Sakrament der Gnaden oder Vergebung der Sünden, haben

allesamt *eine* Bedeutung, damit sie bezeichnet werden: Gnade! Derhalben wer das Eine erhebt und das Andere herabwürdigt, der irret aller Dinge.

97.) Dass der reiche, große Ablass, wie ihn die Ablassprediger recht und wahrhaftig nennen und ausschreien, nur zum Eigennutz und Gewinn diene, ist ein Irrtum.

98.) Dass der Schatz des Ablasses ein Netz sei, der Leute Güter damit zu fischen, Ist ein gar gottloser Irrtum.

99.) Die Sünde wider die Mutter Gottes begangen (wie groß sie auch sein mag) ist geringer, denn die wider den Sohn begangen wird und diese kann nach Christi Zeugnis vergeben werden.

100.) Wer aber saget, dass solche Sünde (an der Mutter Gottes begangen) denen, welche wahre Reue getan haben, durch den Ablass nicht gelöset werden könne, der ist wider den Text des Evangelii und dern Herrn Christum selbst toll, töricht, irrig und rasend.

101.) Dass den Subcommissarien und Ablasspredigern zugemessen wird, dass, so jemand (welches doch unmöglich) die Mutter

Gottes allezeit reine Jungfrau schwächet, solcher durch des Ablasses Kraft absolvieret und losgesprochen werden könnte, ist so klar, als der helle Tag. Also auch, wer sich wider diese offenkundige Wahrheit setzt, wird aus lauter Neid dazu getrieben, wie der, dem da dürstet nach seiner Brüder Blut.

102.) Die, so in ihren öffentlichen Schriften setzen, dass die Ablassprediger (welche sie doch selber nicht gehört haben) leichtfertige Worte aus eigenem Antriebe vor dem Volk führten, und mehr Zeit mit des Ablasses Verkündigung zubrächten, denn mit der Predigt des Evangelii, die breiten aus Lügen, von andern gehört, und erdichtete Dinge für Wahrheit, und zeigen damit, dass sie leichtgläubig, leichtfertig und im greulichen Irrtume sind.

103.) Endlich in öffentlichen Schriften setzen, dass die Ablassprediger mit ihren leichtfertigen Formel-Predigten dahin gerieten, dass es auch gelehrten Leuten schwer falle, des Papstes Würdigkeit und Hoheit wider der klugen und scharfsinnigen Laien Argumente zu verteidigen, heißt den Papst erstlich schmähen, hernach ihm heucheln und ihn öffentlich bezichtigen, dass alle andre Leute sicher und friedsam seien, er aber allein Verwirrung anrichte und daher in großem Irrtume sei.

104.) Die Schulden auslöschen, steht der Gnade zu formell, effektiv und im Prinzipe Gott, dispositiv einem Menschen hoch unzureichend, genugtuend Christo, den Sakramenten aber als Instrumenten oder Hilfsmitteln. Daher wer da saget, dass der Papst die geringste tägliche Sünde, so viel die Schuld belanget, nicht lösen könne, der irret.

105.) Wer da meinet, dass St. Petrus und aller Statthalter Gewalt einerlei sei, der irret. Und wer dafür hält, dass St. Peter mehr Macht habe am Ablass, als der Papst Leo, der irret noch mehr, ja, er lästert.

106.) Der irret, der das Kreuz Christi oder ein anderes Bild, was es auch für eines sei, als das wesentliche Ding selbst, und nicht als desselben Zeichen mit Ehr, die Gott allein gebühret, anbetet. Wiewohl nun das Kreuz Christi in vielen anderen Stücken als Ursache des Anbetens besser ist und mehr zu ehren; so treibt doch der Abgötterei und irret, wer es anbetet mit anderem Dienst und Ehre, und nicht mit gleichem Dienst, damit das Kreuz, mit dem päpstlichen Wappen gezieret, anzubeten ist.

****

Tetzelsäule in Pirna

Replik Dr. Johann Tetzels, den Ablass zu verkündigen, in Gegensätzen wider Dr. Martin Luther im Jahre 1517
1.) Man soll die Christen lehren, dass des Papstes Gewalt, dieweil sie in der Kirche die höchste und von Gott allein geordnet ist, von keinem Menschen, auch nicht von der ganzen Welt, sämtlich könne eingezogen oder ausgebreitet werden, ohne allein von Gott selbst.
2.) Man soll die Christen lehren, dass sie alle dem Papst, der vollkommene Gewalt hat über

sie alle zu gebieten, in den Dingen, die gut christliche Religion und Kirchenregiment dem Stuhle zu Rom gehören, so dieselbe göttlichem und natürlichem Rechte gemäß, schlecht ohne allem Widerspruch gehorsam zu sein schuldig sind.

3.) Man soll die Christen lehren, dass der Papst nach der Hoheit seiner Gewalt über die ganze allgemeine Kirche und die Konzilien sei, und dass man seinen Satzungen in aller Untertänigkeit gehorchen soll.

4.) Man soll die Christen lehren, dass der Papst allein die Macht habe, zu erörtern und zu beschließen in Sachen des christlichen Glaubens, dass er auch allein Gewalt habe und sonst niemand, der Heiligen Schrift Sinn, nach seinem Sinne, zu deuten, und alle worte und Werke der anderen entweder zu rechtfertigen oder zu verdammen.

5) Man soll die Christen lehren, dass des Papstes Unheil in Sachen, die den christlichen Glauben angehen und zur Seligkeit des menschlichen Geschlechts nötig sind, in keinem Wege irrig sein könne.

6) Man soll die Christen lehren, dass, obschon der Papst irrte, und in Sachen des Glaubens einen falschen Wahn hätte, ihm doch zu irren unmöglich sei, in Sachen des Glaubens, wenn er im geistlichen Gericht das Urteil über dieselben fället.

7.) Man soll die Christen lehren, dass man mehr

fassen und sich verlassen soll auf des Papstes Meinung in Sachen des Glaubens, in Gesichten von ihm gesprochen, denn auf die Meinung aller weisen Leute, so sie aus der Schrift haben.

8.) Man soll die Christen lehren, dass der Papst von allen allezeit in aller Demut soll geehret werden, und dass sich niemand an ihm vergreifen soll.

9.) Man soll die Christen lehren, dass die, so die Ehre des Papstes und seiner Hoheit etwas entziehen, der Strafe des Fluches und des Verbrechens der verletzten Majestät schuldig werden.

10.) Man soll die Christen lehren, dass sie, so den Papst in Spott und Verleumdung bringen, für Ketzer zu achten und von der Hoffnung des Himmelreiches ausgeschlossen sein.

11.) Man soll die Christen lehren, dass die, so den Papst unehren, mit zeitlichen Hohn, zuweilen auch mit schändlichem Tode und greulicher Schmacht, sollen bestraft werden.

12.) Man soll die Christen lehren, dass die Schlüssel nicht gegeben sind der allgemeinen Kirche, die da heißet die Versammlung aller Gläubigen, sondern Petro und dem Papste und in ihnen allen ihren Nachkommen und allen zukünftigen Prälaten, durch ordentliche Ab- und Ankunft auf sie.

13.) Man soll die Christen lehren, dass den großen reichen Ablass nicht ein allgemein Konzilium, auch nicht andere Prälaten der

Kirche sämtlich und sonderlich geben können, sondern allein der Papst, der da ist der Bräutigam der allgemeinen Kirche.

14.) Man soll die Christen lehren, dass über die Wahrheit und den Glauben des Ablasses kein lebendiger Mensch, ja auch ein allgemeines Konzilium nicht, sondern allein der Papst, der die Macht hat, über die christliche Wahrheit schließlich und endlich zu urteilen, urteilen könne.

15.) Man soll die Christen lehren, dass die katholische christliche Wahrheit genannt werde die allgemeine Wahrheit, dass derselben alle Christen Glauben schenken müssen, und dass auch dieselbe nichts falsches noch unrechtes in sich habe.

16.) Man soll die Christen lehren, dass die Kirche viele Artikel für christliche Wahrheit halte, welche doch in gleicher Form der Wörter, wie im Canon der Heiligen Schrift des Alten und Neuen Testaments gar nicht gefasst sind.

17.) Man soll die Christen lehren, dass alle Satzungen in Glaubenssachen, durch den apostolischen Stuhl beschlossen, unter die christlichen wahren Artikel zu rechnen sein, als ob sie schon im Canon der Heiligen Schrift nicht begriffen erfunden werden.

18.) Man soll die Christen lehren, dass die Kirche viel als gewisse Artikel der allgemeinen Wahrheit hält, ob sie wohl weder im Canon der Bibel stehen, noch von den alten Lehrern gesetzt sind.

19.) Man soll die Christen lehren, dass, was die Lehrer, die von der Kirche angenommen sind, schließlich geschrieben haben über den christlichen Glauben und die Vorlegung der Ketzer, obs schon im Canon der Heiligen Schrift nicht ausdrücklich begriffen wird, doch solche ihre Schriften unter die christlich wahren Artikel zu rechnen sind.

20.) Man soll die Christen lehren, dass, obschon Schriften nicht gänzlich gewisse christliche Artikel sind, sie doch nichtsdestoweniger der christlichen Wahrheit ähnlich sind.

21.) Man soll die Christen lehren, dass sie alle ketzersüchtig sind, die da sagen, dass der Brauch des Kreuzes-Zeichen in den Kirchen nicht sein sollte.

22.) Man soll die Christen lehren, dass die, so mit gutem Bedacht im Glauben zweifeln, öffentlich für Ketzer zu achten sind.

23.) Man soll die Christen lehren, dass die, so durch Geld zu geistlichen Würden ordiniert und geweihet sind, öffentlich Ketzer genannt werden können.

24.) Man soll die Christen lehren, dass alle die, so die Heilige Schrift falsch und unrecht, nicht wie der Sinn des Heiligen Geistes, von dem sie geschrieben ist, fordert, auslegen, rechte Ketzer können genannt werden.

25.) Man soll die Christen lehren, dass der billig ein Ketzer genannt wird, der um zeitlicher Ehre willen falsche oder neue Wahnlehren erdichtet, oder denselben folget.

26.) Man soll die Christen lehren, dass alle, die mit allem Recht Ketzer genannt werden, welcher der römischen Kirche ihre Freiheit, ihr von ihrem Oberhaupt gegeben, zu nehmen sich unterstehen.

27.) Man soll die Christen lehren, dass sie der Heiligen Römischen Kirche, St. Ambrosii Exempel nach, in allen Dingen als ihrer Meisterin und nicht ihrem eigenen Kopfe folgen sollen.

28.) Man soll die Christen lehren, dass ein jeder, der wider die Regel der christlichen Wahrheit seinen verkehrten Wahn starrig verteidigt, für einen Ketzer zu achten und von allen also auszurufen sei.

29.) Man soll die Christen lehren, dass die, so etwas, als wäre es gewiss, lehren, dass doch weder mit genugsamer Ursache, noch mit gründlichen Beweisen bewähret werden kann, als Frevler zu achten sind.

30.) Man soll die Christen lehren, dass die, so bisweilen etwas schließen, was doch falsch ist, für solche sollen gehalten werden, die die Leute irre machen und verführen.

31.) Man soll die Christen lehren, dass die, so einer geistlichen oder sonst ansehnlichen Person Übels nachreden, für öffentliche Frevler zu achten sind.

32.) Man soll die Christen lehren, dass die, so

Propositionen schreiben, durch welche den Zuhörern zum Fall Ursache gegeben wird, obschon dieselben mit Maß geschrieben sind, doch aus eigenem Antrieb durch sie ausgebreitet werden, wahrhaftig solche sind, die Ärgernis anrichten, falsch lehren, und gottselige Ohren verletzen, dermaßen, dass solche Leute angesehen werden, als halten sie es mit den Ketzern.

33.) Man soll die Christen lehren, dass der Gelehrten Schlussreden, welche im Volke Spaltung einführen, wie dieser Spruch ist: „Einem bösen Prälaten oder Oberhaupt soll man nicht gehorsam sein," oder: „Man soll dem Papste und seinen Bullen nicht glauben, allerdings aufrührerisch sind.

34.) Man soll die Christen lehren, dass alle, die falschen Wahn lehren, erdichten und denselben halsstarrig verteidigen, eigentlich für Ketzer zu achten sind.

35.) Man soll die Christen lehren, dass alle, die aus Verachtung göttlichen Gesetzes, eines halsstarrigen Irrtums entweder Erfinder, oder von anderen erfunden, Folger sind, item, die lieber der christlichen Wahrheit widerstreben und jenen unterworfen sein wollen, schlechtweg für Ketzer zu achten sind.

36.) Man soll die Christen lehren, dass alle, so fremden Irrtum verteidigen, nicht allein für Ketzer, sondern auch für Erzketzer zu achten sind, darum, dass sie nicht allein irren, sondern auf anderen des Irrtums Ärgernis machen und bekräftigen.

37.) Man soll die Christen lehren, dass die, so neuen Wahn lehren, der christlichen Wahrheit entgegen erdichten, damit sie Jünger, die ihnen nachfolgen, haben mögen, und darum von dem gemeinen Wege entweder aus Leichtfertigkeit oder Bosheit abweichen, was aus Hoffart, die oben aus und nirgends an will, herkommt, ob sie schon um keines zeitlichen Nutzens willen solches tun, doch ohne alle Zweifel für Ketzer zu achten sind.

38.) Man soll die Christen lehren, dass die, so da anhangenden Wahn lehren, und also der christlichen Wahrheit entgegen sind, halsstarrig irren und in solchem Irrtum sündigen, auch für Ketzer zu achten sind.

39.) Man soll die Christen lehren, dass die, so da verneinen einige gemeine Artikel, sie heißen wie sie wollen, so sie doch bei allen Gläubigen, bei denen sie wohnen, als christlich angenommen sind und von den Lehrern des Wortes Gottes öffentlich gepredigt werden, für halsstarrig in ihrem Irrtum mit Recht genannt werden.

40.) Man soll die Christen lehren, dass die, so das verneinen, was sie doch in der Heiligen Schrift verfasst oder in den Kirchen-Erörterungen begriffen wissen, in ihrer Ketzerei für halsstarrig zu achten sind.

41.) Man soll die Christen lehren, dass die, so

sie ihren Irrtum nicht widerrufen, noch sich bessern, noch abstehen wollen von ihrem Irrtume, nachdem sie ordentlich überwiesen sind, dass ihr Irrtum der christlichen Wahrheit entgegen sei, für Halsstarrige in ihrer Ketzerei zu achten sind.

42.) Man soll die Christen lehren, dass die für Halsstarrige in ihrem Irrtum zu achten sind, welche darinnen verharren, wider den christlichen Glauben und der Kirche Erörterung und Erkenntnis aus Hoffart sich zu unterwerfen weigern, der Strafe und Besserung, dem es befohlen und daran gelegen ist.

43.) Man soll die Christen lehren, dass die, so um eines öffentlichen Irrtums willen dem Glauben widerstreben, gestraft werden, und sich mit der Wahrheit nicht unterweisen lassen, irrig sind, und in solcher ihrer Ketzerei für halsstarrig zu erklären sind.

44.) Man soll die Christen lehren, dass die, so bezeugen mit Worten, Taten oder Schriften, dass sie ihre ketzerischen Propositionen nicht widerrufen wollen, obgleich die, denen es befohlen und daran gelegen ist, wider sie eitel Banne regneten oder hagelten, für halsstarrige Ketzer zu achten und jedermann zu meiden sind.

45.) Man soll die Christen lehren, dass die, so zur Beschwerung der ketzerischen Bosheit, neuen Irrtum erfinden und verteidigen, darum dass sie nicht bereit noch geneigt sind, sich zu unterweisen und strafen zu lassen, noch sorgfältig die Wahrheit zu suchen, für schlechtweg Halsstarrige in ihrer Ketzerei zu achten sind.

46.) Man soll die Christen lehren, dass sie, so dem Papst, der die höchste Gewalt auf Erden hat, ungleich sind, so sie einem ketzerischen Spruch oder Artikel durch ihr Urteil zu halten, schließen und örtern, und andern auflegen, denselben für christlich zu halten, Ketzer, halsstarrig mit allen denen, die in solchen ihren Artikeln verwilligen, zu achten und auszurufen sind.

47.) Man soll die Christen lehren, dass die halsstarrig irren, welche der ketzerischen Bosheit zu widerstreben Gewalt haben, und doch solches nicht tun, daran man spüren mag, dass dieselben an dem ketzerischen Irrtum Gefallen haben.

48.) Man soll die Christen lehren, dass die, so der Ketzer Irrtum beschirmen, und durch ihre Gewalt aufhalten, dass sie in des Richters Gewalt sie zu verhören nicht dargestellt werden, für verbannt, und so sie nicht innerhalb eines Jahres davon abstehen, nach dem Rechte ehrlos zu achten sein sollen, auch nach dem Rechte auf mancherlei Weise allen Menschen zum Schrecken grausam bestraft werden.

49.) Man soll die Christen lehren, dass sie sich im Glauben, so viel des Papstes Hoheit und den

Ablass belanget, die Halsstarrigkeit und Durst der Ketzer nicht bewegen lassen. Denn der barmherzige Herr und unser Gott ließe nicht Ketzerei aufkommen, wo aus deren Ursprung des christlichen Glaubens Wahrheit nicht öffentlicher und heller würde, und wir dadurch der törichten Kindheit nicht entgingen; sondern dass sie, die Christen, viel fester bleiben sollen im Glauben an die Wahrheit, die sie von allen Teilen der Buße und Ablass gehört, so wird Gott bekannt und offenbar machen der ganzen Welt, dass Er Gefallen habe an ihrer im obgenannten Glauben Beständigkeit.

50.) Derohalben, die da wollen von den Teilen der Buße, sonderlich von der Beichte, so mit dem Munde, und von der Genugtuung, so mit dem Werke geschieht, von Gott und von dem Evangelio angezeiget und eingesetzt, und von den Aposteln in Schwang gebracht, und von der ganzen Erde approbieret und gehalten (und doch wider das alles von dem Widersacher unchristlich, doch vergeblich in seinem deutschen Sermon mit so vielen Artikeln angefochten), auch von dem reichen großen Ablass und Gewalt des höchsten römischen Bischofs, darüber so viel Papiers und Bücher vollkleckern oder gar leichtfertig von demselben öffentlich predigen oder disputieren, oder aber denen, so solches predigen und schreiben, anhangen und an ihren Schriften Gefallen haben, ins Volk und die Welt

ausbreiten, oder von denselben in Winkeln oder zum Teil vor Leuten unverschämt und verächtlich predigen und reden, sollen sich fürchten, dass sie nicht in obengenannter Gegensprüche Strafe verfallen, und dadurch sich und andere in Gefahr des ewigen Verderbens und schwerer zeitlicher Schmach begeben. Denn ein jegliches Tier, welches den Berg anrühret, soll gesteiniget werden.
****

SERMON ÜBER ABLASS UND GNADE

Zum Ersten, sollt ihr wissen, dass etlich neu Lehrer, als Magister Sententiarum, St. Thomas, und ihre Folger, geben der Buss drei Theil, nämlich: Die Reu, die Beicht, die Gnugthuung. Und wiewohl dieser Unterscheid (noch ihrer Meinung,) schwerlich, adder auch gar nichts gegrundet erfunden wird in der heiligen Schrift, noch in den alten heiligen christlichen Lehrern, doch wollen wir das itzt so lassen bleiben, und nach ihrer Weis reden.

Zum Andern, sagen sie: der Ablass nimmt nicht hin das erst adder ander Theil, das ist, die Reu adder Beicht, sundern das dritt, nämlich die Gnugthuung.

Zum Dritten: die Gnugthuung wird weiter getheilet in drei Theil, das ist, Beten, Fasten, Almusen; also, das Beten begreif allerlei Werk, der Seelen eigen, als lesen, dichten, horen Gottis Wort, predigen, lehren und dergleichen. Fasten gegreif allerlei Werk der Kasteiung seins Fleischs, als wachen, erbeiten, hart Lager, Kleider etc. Almusen begreif allerlei gute Werk der Lieb und Barmherzikeit gegen den Nähsten.

Zum Vierten, ist bei ihn allen ungezweifelt, dass der Ablass hinnimmt dieselben Werk der Gnugthuung, vor die Sund schuldig zu thun adder aufgesetz. Dann so er dieselben Werk sollt all hinnehmen, blieb nichts Gutes mehr da, das wir thun mochten.

Zum Funften, ist bei vielen gewest ein grosse und noch unbeschlossene Opiny, ab der Ablass auch etwas mehr hinneme, dann sulche aufgelegte gute Werk, nämlich, ab er auch die Peine, die gottlich Gerechtigkeit vor die Sunde furdert, abnehme.

Zum Sechsten, lass ich ihre Opiny unverworfen auf dasmal; das sag ich, dass man aus keiner Schrift bewähren kann, dass gottlich Gerechtigkeit etwas Pein adder Gnugthuung begehre, adder fordere von dem Sunder, dann allein seine herzliche und wahre Reu, adder Bekehrung, mit Vorsatz, hinfurter das Kreuz Christi zu tragen, und die obgenannten Werk (auch von Niemand aufgesetzt,) zu uben.

Dann so spricht er durch Ezechiel (c. 18,21; 33,14ff): Wann sich der Sunder bekehrt, und thut recht, so will ich seiner Sund nit mehr gedenken. Item, also hat er selbs all die absolvirt, Maria Magdalena, den Gichtbruchtigen, die Ehebrecherin etc. Und mocht wohl gerne horen, wer das anders bewähren soll, unangesehen, dass etlich Doctores so daucht hat.

Zum Siebenten: Das findet man wohl, dass Gott Etlich noch seiner Gerechtikeit strafet, adder durch Peine dringt zu der Reu, wie im 89 Psalm v. 31-34: So sein Kindere werden sundigen, will ich mit der Ruthen ihre Sunde heimsuchen, aber doch mein Barmherzikeit nit von ihn wenden. Aber diese Peine steht in Niemands Gewalt, nachzulassen, dann allein Gottes; ja, er will sie nit lassen, sunder vorspricht, er woll sie auflegen.

Zum Achten: Derhalben so kann man derselben gedunkten Pein keinen Namen geben, weiss auch Niemand, was sie ist, so sie diese Straf nit ist, auch die guten obgenanten Werk nit ist.

Zum Neunten, sag ich: Ob die christenliche Kirche noch heut beschluss und auserkläret, dass der Ablass mehr dann die Werk der Gnugthuung hinnehme; so wäre es dennoch tausendmal besser, dass kein Christenmensch den Ablass loset adder begehret, sundern dass sie lieber die Werk thäten, und die Pein litten. Dann der Ablass nit anderst ist nach mag werden, dann Nachlassung guter Werk und heilsamer Pein, die man billiger sollt erwählen, dann verlassen.

Wiewohle etlich der neuen Prediger zweierlei Peine erfunden, medicativas, satisfactorias, das ist, etlich Pein zur Gnugthuung, etlich zur Besserung. Aber wir haben mehr Freiheit, zu verachten (Gott Lob!) sulchs und dessgleichen Pläuderei, dann (6) sie haben, zu erdichten; dann alle Pein, ja alls, was Gott auflegt, ist besserlich und zuträglich den Christen.

Zum Zehenten: Das ist nichts geredt, dass der Pein und Werk zu viel sein, dass der Mensch sie nit mag volnnbrengen, der Kurz halben seins Lebens, darumb ihm noth sei der Ablass. Antwort ich, dass das kein Grund hab und ein lauter Gedicht ist.

Dann Gott und die heilige Kirche legen Niemand mehr auf, dann ihm zu tragen muglich ist, als auch St. Paul (1 Cor. 10,13) sagt: dass Gott nit lässt vorsucht werden Jemand, mehr, dann er mag tragen. Und es lautet nit wenig zu der Christenheit Schmach, dass man ihr Schuld gibt, sie lege auf mehr, dann wir tragen kunnen.

Zum Eilften: Wann gleich die Buss, im geistlichen Recht gesetzt, itzt noch gingen, dass vor ein iglich Todsund sieben Jahr Buss aufgelegt wäre: so musst doch die Christenheit dieselben Gesetz lassen, und nit weiter auflegen, dann sie einem Iglichen zu tragen wären: viel weniger nu sie itzt nicht sein, sall man achten, dass nicht mehr aufgelegt werde, dann Idermann wohl tragen kann.

Zum Zwölften: Man sagt wohl, dass der Sunder mit der uberigen Pein ins Fegfeur adder zum Ablass geweiset sall werden, aber es wird wohl mehr Dings ahn Grund und Bewährung gesagt.

Zum Dreizehenten: Es ist ein grosser Irrthum, dass Jemand meine, er wolle gnugthun vor seine Sund, so doch Gott dieselben allzeit umsunst, aus unschätzlicher Gnad vorzeihet, nichts dafur begehrend, dann hinfurter wohl leben. Die Christenheit furdert wohl etwas; also mag sie und sall auch dasselb nachlassen und nichts Schweres adder unträglich auflegen.

Zum Vierzehenten: Ablass wird zugelassen um der unvollkommen und faulen Christen willen, die sich nit wollen kecklich uben in guten Werken, adder unleidlich sein. Dann Ablass furdert niemand zum Bessern, sunden duldet und zulässet ihr Unvolkommen. Darumb soll man nit wider das Ablass reden; man sall aber auch Niemand darzu reden.

Zum Funfzehenten: Viel sicherer und besserer thät deer, der lauter um Gottis willen gäbe zu dem Gebäude St. Petri, adder was sunst gnannt wird, dann dass er Ablass darfur nähme. Dann es fährlich ist, dass er sulch Gabe umb des Ablass willen, und nit umb Gottis willen gibt.

Zum Sechzehenten: Viel besser ist das Werk, einem Durftigen erzeigt, dann das zum Gebäude geben wird, auch viel besser, dann der Ablass, dafur gegeben. Dann (wie gesagt,) es ist besser ein gutes Werk gethan, dann viel nachgelassen. Ablass aber ist Nachlassung viel guter Werk, adder ist nichts nachgelassen.

Ja, dass ich euch recht unterweise, so merkt auf: Du sallt vor allen Dingen (wider St. Peters Gebäud noch Ablass angesehen,) deinem nähsten Armen geben, willt du etwas geben. Wann es aber dahin kummt, dass Niemand in deiner Stadt mehr ist, der Hulf bedarf, (das, ob Gott will, nimmer geschehen sall,) dann sallt du geben, so du willt, zu den Kirchen, Altären, Schmuck, Kilch, die in deiner Stadt sein. Und wenn das auch nun nit mehr noth ist, dann allererst, so du willt, magst du geben zu dem Gebäude St. Peters, adder anderswo.

Auch sallt du dennoch nit das umb Ablass willen thun. Dann St. Paul spricht (1 Tim 5,8): Wer sein Heusgenossen nit wohlthut, ist kein Christen, und ärger dann ein Heide. Und halt darfur frei, wer dir anders sagt, der vorfurht dich, adder sucht je dein Seel in deinem Beutel, und fund er Pfennig darinne, das wär ihm lieber, dann all Seelen.

So sprichst du: So würd ich nimmermehr Ablass losen. Antwort ich: Das hab ich schon oben gesagt, dass mein Will, Begierde, Bitt und Rath ist, dass Niemand Ablass lose. Lass die faulen und schläferigen Christen Ablass losen, gang du fur dich.

Zum Siebenzehenten: Der Ablass ist nicht geboten, auch nicht gerathen, sundern von der Dinger Zahl, die zugelassen und erläubt werden. Darumb ist es nit ein Werk des Gehorsams, auch nit vordienstlich, sundern (8) ein Auszug des Gehorsams. Darumb wiewohl man Niemand wehren soll den zu losen, so sollt man doch alle Christen darvon ziehen, und zu den Werken und Peinen, die do nachgelassen, reizen und stärken.

Zum Achtzehenten: Ab sie Seelen aus dem Fegfeur gezogen werden durch den Ablass, weiss ich nit, und gläub das auch noch nit; wiewohl das etlich neu Doctores sagen, aber ist ihn unmuglich zu bewähren, auch hat es der Kirche noch nit beschlossen. Darumb zu mehrer Sicherheit viel besser ist es, dass du vor sie selbst bittest und wirkest; dann diess ist bewährter und ist gewiss.

Zum Neunzehenten: In diesen Puncten hab ich nit Zweifel, und sind gnugsam in der Schrift gegrundt. Darumb sollt ihr auch kein Zweifel haben, und lasst Doctores scholasticos Schlastocis sein; sie sein allsamt nit gnug mit ihren Opinien, dass sie eine Prediget befestigen sollten.

Zum Zwänzigsten: Ab Etlich mich nu wohl einen Ketzer schelten, denn salch Wahrheit sehr schädlich est im Kasten, so acht ich doch sulch Geplärre nit gross; sintemal das nit thun dann etlich finster Gehirne, die die Biblien nie gerochen, die christenliche Lehrer nie gelesen, ihr eignen Lehrer nie vorstanden, sundern in ihren lochereten und zurissen Opinien viel nah vorwesen. Dann hätten sie die forstanden, so wüssten sie, dass sie Niemand sollten lästern unvorhort und unuberwunden. Doch Gott geb ihn und uns rechten Sinn. Amen.
Martin Luther, im Jahre des Herrn 1518

****

GIROLAMO SAVONAROLA

wurde am 21. September 1452 in Ferrara als Sohn des Geschäftsmannes Niccolò Savonarola geboren. Er begann ein Medizinstudium, brach es jedoch ab und wurde Mönch im Dominikanerkloster S. Domenico von Bologna ein. Sein Wunsch war es, nicht „wie ein Tier unter Schweinen, sondern als vernünftiger

Mensch" zu leben. Nach anfänglichen Schwierigkeiten als Bußprediger wurde er recht erfolgreich. Er predigte leidenschaftlich und eindrucksvoll gegen die Verkommenheit der herrschenden Klasse. Das Volk war völlig seiner Meinung und jubelte ihm zu. 1479 wurde er Novizenmeister seines Klosters. Aus Girolamo wurde ein beliebter und gesuchter Prediger, und er forderte dringend eine grundlegende Kirchenreform. Er setzte sich nicht nur gegen Missstände in der Kirche, sondern auch gegen Reichtum und eine ungerechte Herrschaft ein. Man begann, ihn als Propheten zu sehen, als er das Sterbedatum von Papst Innozenz VIII. korrekt voraussagte. Allerdings unterstützte er König Karl VIII., was ihm den Unwillen des Papstes einbrachte. 1495 untersagte Papst Alexander VI. Savonarola das Predigen. Für eine kurze Weile hielt Savonarola sich daran, doch dann nagten der Zorn an den Ungerechtigkeiten zu sehr an ihm, und so prangerte er wieder die kirchlichen Missstände an. Anfang Februar 1497 zog er mit Kindern und sehr jungen Menschen durch Florenz, um alles im Namen Jesu Christi zu beschlagnahmen, was als Symbol für die Verkommenheit der Menschen gedeutet werden konnte. So sammelten sich Unmengen an heidnischen Schriften, Bilder von nackten Menschen, Gemälde, Schmuck, Kosmetika, Spiegel, Musikinstrumente, Spielkarten oder luxuriöse Möbel und Kleidungsstücke an. Manche Menschen brachten ihre Luxusgegenstände freiwillig zu Savonarola – ob aus wahrer Reue oder Angst vor dem Prediger, ist kaum auszumachen. Innerhalb von zehn Tagen errichtete Savonarola riesige Scheiterhaufen auf der Piazza della Signoria auf und verbrannte die gesammelten Gegenstände mit der Unterstützung mancher Bürger, Mönche und Kleriker. Die Franziskaner von S. Croce und die Dominikaner von S. Maria Novella, die ohnehin oft gegen ihn predigten, brachten diese Aktionen nur noch mehr gegen ihn auf. So kam es, dass Papst Alexander VI. ihn bald als „Häretiker, Schismatiker und Verächter des Heiligen Stuhles" exkommunizierte. Der Papst forderte vom Magistrat der Stadt unter Androhung des Interdikts für die gesamte florentinische Republik die Gefangennahme des unbequemen Mönchs. Das Volk brach ins Kloster ein und schleppte Savonarola heraus. Er wurde eingekerkert. Unter der Folter gestand er seine ihm zur Last gelegten Verfehlungen und wurde zum Tode verurteilt. Doch bald schon widerrief er sein Geständnis, doch man fälschte die Prozessakte. Savonarola wurde zusammen mit zwei Mitbrüdern namens Domenico Buonvicini und Silvestro Maruffi gehängt. Auf der Piazza della Signoria verbrannte man die drei Mönche – auf dem gleichen Platz, auf dem Savonarola zuvor die Luxusgegenstände verbrannt hatte. Einige Frauen versuchten, seine Knochen als Reliquien zu entwenden, aber es gelang ihnen nicht. Seine Asche wurde am nächsten Tag in den Fluss Arno geworfen.

In der evangelischen Kirche gedenkt am seiner als Märtyrer am 23. Mai, in der römisch-katholischen Kirche wurde am 23. Mai 1998 durch Papst Johannes Paul II. ein Seligsprechungsprozess in Gang gesetzt.
****

Mein besonderer Dank geht an den Tetzel-Darsteller **Jürgen Prell.** Wir trafen uns beim Lutherfest in Eisenach 2011 und mehrmals bei den Klostermärkten in Arnstein an der Lahn, er stellte sich freundlicherweise für Fotos für dieses Buch zur Verfügung.
****

Der gute Willi: Immer, wenn ich – seiner
Meinung nach – zu lange an einem Buch
schreibe, sorgt er für eine Pause, indem er sich
auf meine Unterlagen legt.

Quellenverzeichnis:

* „Der Ablaßkrämer Johann Tetzel – eine biographische Erzählung aus dem 16. Jahrhundert zum Nutz und Frommen für Jedermann", zusammengestellt von Carl August Stehfest, Diac. zu Grimmitzschau und ordentliches Mitglied der historischen Gesellschaft zu Leipzig. Verlag: Schneeberg, Druck und Verlag von Carl Moritz Gärtner, im Jahre 1840

*„Lebensbeschreibung des Ablaßpredigers Johann Tezel. Ein Beitrag zur Geschichte der deutschen Kirchenreform im sechzehnten Jahrhundert." Von M. Friedrich Gottlob Hofmann, Verlag: Bei E. B. Schwickert, Leipzig, im Jahr 1844

* „Tetzel und Luther oder Lebensgeschichte und Rechtfertigung des Ablasspredigers und Inquisitors Dr. Johann Tetzel aus dem Predigerorden" von Valentin Gröne, Doktor der Theologie. Soest und Olpe, Verlag der Rasse'schen Buchhandlung, im Jahre 1853

* „Die Dominikaner – Kämpfer, Ketzer, Heilige" von Franz S. Berger, NP Buchverlag, Erscheinungsjahr 2000

www.wikipedia.de

* www.glaubensstimme.de

****

Weitere Bücher der Autorin:

Zauberhafte Erzählungen (wird irgendwann
neu aufgelegt)
15 Geschichten über Tiere, Stofftiere, wahre
Geschichten und Weihnachtsgeschichten
werden zusammen mit zahlreichen neuen
Geschichten in weiteren Büchern veröffentlicht)
Möwen am Horizont
Die Geschichte von Karin Nitsch geb.
Michaelsen aus Friedrichstadt – der Mutter der
Autorin, bis zu ihrer Verlobung mit Georg
Nitsch. Die Geschichte des Vaters „Georg, der
Lorbaß" wird ebenfalls bald publiziert.
Ännlin und ihr Drache Lütter
Die kleine Ännlin findet am Strand ein Ei, aus
dem ein kleiner Drache schlüpft. Sie versteckt
ihn in der elterlichen Scheune, und zusammen
erleben sie viele aufregende Abenteuer. Der
zweite Band „Lütter, der Friesendrache"
erscheint vermutlich im Jahre 2018.
Synne, die Sünderin
Dieses Buch beinhaltet vier Geschichten über
Frauen aus Nordfriesland und Dithmarschen im
frühen 16. Jahrhundert. Synnes Leben ändert
sich nach einem Fehltritt dramatisch. Trienke
überlebt schwerverletzt die Husumer
Feuersbrunst...
Katharina von Bora: Mein Leben
In diesem Buch wird die gesamte

Lebensgeschichte der berühmten Lutherin von frühester Kind bis zu ihrem Tod erzählt.

Katharina Luther plaudert
Anekdoten über Martin Luther und die damalige Kirche, Geschichten, die man sich mit vorgehaltener Hand erzählt, und spaßig anmutende Merkwürdigkeiten aus der Reformationszeit.

Willis Tagebuch
Der Pudelmischling Willi findet bei seiner Familie ein gemütliches Zuhause und tröstet sein Herrchen über den Tod seiner Frau hinweg. Nach vier Jahren gibt es einen tragischen Schicksalsschlag in Willis Leben, aber mit der Liebe seiner Familie kann er sein fröhliches und aufregendes Leben weiterführen. Auf Mittelaltermärkten wird er sogar als „Ritterhund Wilhelmius" berühmt.

Demnächst:
Der Bauernkrieg – eine Überlebende berichtet: Die Geschichte der Bauernkriege aus Sicht einer alten hörigen Bäuerin
Mein Gemahl Philipp Melanchthon: Katharina Melanchthon erzählt aus ihrem Leben und dem ihres Eheherrn Philipp, dem Lehrer Deutschlands und zweitwichtigsten Reformators
Katharina Luther: Unsere Weihnachtsfeste: Die Lutherin erzählt von Weihnachtsbräuchen und

~festen vor, während und nach der Reformation und erzählt, wie ihre Familie Weihnachten feiert.

Kuriosum, Gaudium und Allerley aus dem Mittelalter: Ein etwas anderes Geschichtsbuch. Eine Bürgerin des ausgehenden Mittelalters erzählt augenzwinkernd aus ihrem Leben, kuriosen Gebräuchen, der Entstehung von Redewendungen und lustigen Begebenheiten.

Lütter, der Friesendrache: Zweiter Band über den jungen Drachen Lütter

Trauen Sie sich – wir trauen Sie ja auch: Die Autorin berichtet von ihrer spannenden und oft lustigen Arbeit im Standesamt

Georg, der Lorbaß: Biographie des Vaters der Autorin

Eine glückliche Familie: Die Geschichte der Familie Nitsch von der Hochzeit von Karin und Georg bis zu deren Tod

****

Weiteres wie Leseproben, Informationen zu freien mittelalterlichen und anderen Trauungen, Zeitungsartikel, Fotos, Termine für Lesungen und Mittelaltermärkte finden Sie unter: www.Susannes-Zeitreisen.de
Mail: susanne.nitsch@web.de